Eine Liebesgeschichte

Melanie Jurak
Jesus Urlauber (Bauchi)

FSC
www.fsc.org
MIX
Papier aus ver-
antwortungsvollen
Quellen
Paper from
responsible sources
FSC® C105338

Artwork by Bauchi

Sonnenblume by www.12x12.info

Herstellung und Verlag:
BoD – Books on Demand, Norderstedt
ISBN 9783751994132

Ich finde mich auf einer hölzernen Sitzbank wieder. Ehrlich gesagt, habe ich keine Ahnung, wie ich hier gelandet bin. Eben war ich irgendwie noch woanders, ich erinnere mich vage, und jetzt bin ich eben hier. Keine Absicht hat mich hierhergeführt, und ich kenne diesen Platz nicht einmal. Ein wenig verwundert schaue ich mich um. Hinter mir liegt ein Wald, der sich zu meiner Rechten wie zu meiner Linken ins Endlose zu ziehen scheint. Dunst steigt aus dem Boden auf, und Insekten summen durch die Luft, alle schwer beschäftigt und emsig mit ihrem Werk beschäftigt, das ich weder verstehen noch durchschauen kann. Vögel jagen ihnen in spielerischer Leichtigkeit im Flug nach oder sitzen auf den Ästen und Zweigen und zwitschern ihren Artgenossen in einer mir nicht verständlichen Sprache irgendetwas zu. Von denen scheint es jedoch verstanden zu werden, denn es scheint einen regelrechten Dialog zu geben, der mich von allen Seiten einhüllt. Mal piepst es von rechts, dann kommt eine Antwort von links oben, dann wieder vom Ersten und hin und her. Es duftet nach frischem Humus und nach Sommerregen, Beeren, Blüten und wilden Kräutern, die ich überall um mich herum ausmachen kann.

Vor mir fällt das Gelände sachte ab, und öffnet den Blick auf ein berauschendes Panorama. Gräser, wilde Blumen und Büsche dominieren die Flora, vereinzelt stehen ein Paar Obstbäume dazwischen. Auch hier blüht das Leben. Schmetterlinge tanzen durch die Luft, und ich verfolge die Flugbahnen ihres verliebten Tanzes. Ein weites Tal schließt sich an, vom Menschen scheinbar unberührt, nirgends sehe ich Dörfer oder eine Stadt, kein Zeichen menschlicher Zivilisation. Dahinter erhebt sich zur Linken ein Gebirge, dessen Spitzen sich in im sanften Weiß wattebauschartiger Wolken verlieren, und zur Rechten erstreckt sich ein Ozean. Es dämmert, und jetzt sehe ich, wie der erste Sonnenstrahl aus dem Meer taucht und mich mitten ins Gesicht trifft. Wo bin ich hier? Wie komme ich hier her? Etwas in mir möchte aufstehen und umherwandern, mehr sehen und Antworten auf meine Fragen finden. Doch ein anderer Teil will mich einfach hier sitzen und die Ruhe und Harmonie genießen lassen, und überwiegt. Ich bleibe sitzen. Zu betörend ist der Anblick der aufgehenden Sonne und des Lichts, in das sie alles taucht. Die Luft ist wohlig warm und nicht zu trocken oder zu feucht. Genau richtig, würde ich sagen. Angenehm in jedem Fall. Ein magischer Moment, wie man ihn im Leben viel zu selten bewusst wahrnimmt. Das Konzert der Vögel und Insekten um mich herum ist fast ohrenbetäubend, und dennoch genieße ich die Ruhe, die alles gleichzeitig ausstrahlt. Irgendwo ganz in der Nähe hämmert ein Specht seinen Schnabel in einen Baum, und selbst dieses Geräusch scheint zur Komposition des Liedes zu gehören, das hier alles singt.

Irgendwie berauscht von alledem lasse ich das Szenario auf mich wirken, atme es in tiefen Zügen ein und fühle eine Ruhe und innere Stille, die sich in mir ausbreitet. Frieden könnte man es auch nennen. Und Glück. Manchmal muss man nicht wissen, wo man ist, oder warum, um sich dennoch sicher zu sein, es mit allen Zellen und Sinnen wahrzunehmen, dass man genau hier und genau jetzt genau richtig ist.

Etwas gewinnt meine Aufmerksamkeit für sich, eine Bewegung, die sich von den anderen in sanfter Weise abhebt. Etwas helles, weißes.

Es ist ein Mädchen, nein, eine Frau, die in einem weißen Kleidchen etwas unterhalb von mir mit einem Korb durch die Büsche streift und Beeren hineinsammelt. Wie eine Elfe bewegt sie sich sanft und sicher durch das dichte Grün, verschwindet kurz hinter einem Busch, um gleich darauf auf der anderen Seite wieder aufzutauchen. Ein schönes Gefühl. Für einen Moment schreckte mich der Gedanke, sie könne dahinter verschwunden bleiben. Ich höre sie vor sich hin summen, und beobachte sie gefesselt, wie sie sich mir langsam nähert. Sie scheint mich noch nicht gesehen zu haben, und ich will sie nicht erschrecken, also spare ich es mir, nach ihr zu rufen. Irgendwie habe ich das Gefühl, ein lauter Ruf würde diese Szene ruinieren, es erscheint mir unpassend, und so lasse ich es einfach.

Ein paar Minuten später steht sie vor mir.

„Hallo", sagt sie. „Darf ich mich ein wenig zu dir setzen? Ich habe leckere Beeren dabei, und wir könnten zusammen welche davon essen."

Wie in Trance mache ich ihr Platz auf der Bank, sie setzt sich neben mich und stellt den Korb zwischen uns. Verträumt schaut sie in die Ferne, genießt das sich uns bietende Bild ebenso andächtig wie ich zuvor. Ich empfinde sie als wunderschön, wie sie dasitzt und nun die Augen schließt und die Sonne ihr Gesicht wärmen lässt.

„Wunderschön, nicht wahr?", sagt sie mit weiterhin geschlossenen Augen, und ich bin irritiert. Kann sie meine Gedanken lesen? Doch ich löse meinen Blick von ihr, richte ihn wieder auf das Bild vor uns, und dann schließe ich ebenfalls meine Augen. Ich fühle die Wärme in meinem Gesicht, und lasse mich von der sanften Brise streicheln. Alles tut gut in diesem Moment, ich genieße in vollen Zügen. Doch am schönsten von allem finde ich ihre Nähe. Als wären wir Geschwister, so vertraut fühlt sich gerade ihre Anwesenheit an, und mit ihr auf dieser Bank zu sitzen. „Ja", sage ich nach einer gefühlten Ewigkeit, „Wunderschön!".

Plötzlich ist es, als würden tausend Fragen auf einmal durch meinen Kopf schießen. So viel, was ich sie fragen möchte: Wer sie ist. wie sie heißt, wo sie herkommt, ob sie weiß, wie schön sie ist, warum sie ausgerechnet jetzt hier ist, ob sie weiß, wo wir hier eigentlich sind, aber ich bekomme keinen Ton heraus. Zu profan scheint mir jede Art der von meinem Kopf angeregten Kommunikation. Wieder habe ich den Eindruck, ich würde die Ruhe stören. Doch ich öffne meine Augen wieder und schaue sie an, und stelle erschrocken fest, dass sie mich auch ansieht. Ich kann ihren Blick nicht deuten, sie schaut mich einfach nur an. Mit diesen wunderschönen großen blauen Augen, und einem Blick, der sich tief in meine Seele zieht. Und sie lächelt ein Lächeln, das mein Herz ergreift und es zum Klopfen bringt. Ich erwidere ihren Blick und auch das Lächeln, und die Fragen verlieren sich im Nichts und werden unwichtig.

„Ich mag die Energie, die du ausstrahlst.", sagt sie. Ein wenig irritiert sehe ich sie an, weil ich ihre Worte nicht ganz verstehe. „Du hast eine schöne, angenehme Ausstrahlung.", fügt sie noch hinzu, „Die ist mir schon eine ganze Weile aufgefallen, während ich Beeren pflückte. Ich habe jedoch gemerkt, dass du noch etwas verwirrt bist, weil du nicht so wirklich weißt, wo du hier gelandet bist. Deshalb habe ich mir etwas Zeit gelassen, zu dir zu gehen.". Jetzt bin ich richtig verwirrt. Wieso weiß sie, dass ich irritiert darüber war, hier zu sein? Und wie lange bin ich denn schon hier? „Du bist schon gut eine Stunde hier", sagt sie, während sie in das magische Licht, der Sonne blickt. Dieses Sonnenlicht gibt mir ein

Gefühl von „zuhause", und mit diesem wundervollen Wesen neben mir, von dem ich noch immer weder Name noch sonst etwas weiß, wird dieses Gefühl um ein Vielfaches verstärkt. Nun lächelt sie und dreht ihren Kopf wieder in meine Richtung. Ich kann nicht anders und lächle auch. Am liebsten würde ich sie jetzt einfach umarmen. Einfach so. Dieser Moment ist einfach zauberhaft. Was mir aber noch viel zauberhafter erscheint, ist, dass sie einfach so die Frage beantwortet hatte, die ich vorhin im Kopf hatte. Also, wie lange ich schon hier bin. Kann man an diesem magischen Ort tatsächlich Gedanken lesen? Wieder lächelt sie, sieht mir mit einem tiefen, liebevollen Blick in die Augen und meint:

„Vielleicht.". Anschließend gleitet ihr Blick wieder nach vorne, in Richtung zur Sonne. „Ich habe Durst.", meint sie und fragt mich: „Du auch?". Durst? Ich habe gerade so viele Fragen, dass ich gar nicht wahrgenommen habe, ob mein Körper Wasser möchte. Nach einer kurzen Denkpause, während der ich noch immer nicht weiß, ob ich wirklich Durst habe, antworte ich einfach mit: „Ja, ein wenig.". Aber wo soll man hier zu Trinkwasser kommen, frage ich mich in Gedanken. Ich sehe weder eine Quelle, noch, dass in ihrem Körbchen etwas zu Trinken wäre.

Gespannt beobachte ich, was sie nun tut. Sie dreht sich weg von mir und ich höre ein Knistern. Wieso höre ich ein Knistern, obwohl hier gar nichts sein kann. Sie hatte ja nur den Korb mitgebracht und auf der Bank bin nur ich alleine gewesen, bevor diese zauberhafte Frau sich dazugesetzt hatte. Jetzt höre ich auch ein Plätschern, wie an einer Quelle, aus der Wasser kommt. Was passiert hier bloß? Sie dreht sich zu mir zurück, lächelt und hält mir ein Glas mit Wasser hin. Und selbst hält sie für sich auch eines in der zweiten Hand. Verwirrt probiere ich einen Schluck und stelle fest, dass es tatsächlich Wasser ist, und dazu noch das erfrischendste und reinste, das ich je getrunken habe. Soll ich fragen, wie sie das gemacht hat oder einfach schweigen? In welchem Traum befinde ich mich hier eigentlich gerade?

„Danke!", sage ich mit einer leisen Stimme.

„Gerne!", antwortet sie und sieht mich dabei mit einem Blick an, der mir vermittelt, dass sie weiß, welche Fragen ich gerade in meinem Kopf habe. Ich komme mir vor wie ein transparentes Etwas. Anscheinend weiß dieses engelhafte Wesen neben mir bereits mehr über mich, als ich ahne. Es ist mir aber nicht unangenehm. Es fühlt sich sogar so an, als könnte ich ihr vollkommen vertrauen und ich habe das Gefühl, dass ich sein kann wie ich bin. Das kenne ich von meiner normalen Welt nicht. Da bewerten die Menschen sich gegenseitig, ohne sich überhaupt zu kennen. Und sie, dieser Engel neben mir, weiß gefühlt alles von mir und ich fühle mich trotzdem wohl. Wie kann das sein? Wie kann das alles hier gerade sein? Ich bemerke wieder die Schmetterlinge, die miteinander tanzen und das Lied, das alles hier singt. Was für ein magischer Ort, an dem ich hier gelandet bin. Es scheint ein Ort zu sein, wo alles Eins ist, in Harmonie und Lebendigkeit.

„Ähm..." will jetzt doch etwas aus mir heraus, aber ich finde keine Worte. Sie lacht auf, ein helles, freundliches Lachen, ein natürliches Lachen, kein aufgesetztes, künstlich klingendes, eins, in das ich mich auf der Stelle verliebe. Ich muss auch lachen und gestehe:

„Ich bin ein wenig perplex!" – „Weil du nicht weißt, wo das Wasser herkommt?", fragt sie mit einem leicht spitzbübischen Unterton, der mich zugleich beruhigt, aber auch herausfordert. Ich fühle ihr Interesse, das *hier* ist. Irgendwie kein Smalltalk. Und ich fühle ihre uneingeschränkte Aufmerksamkeit. Ihr Blick ruht auf meinen Augen, offenherzig und irgendwie neugierig. Ich bin irritiert, aber ich schäme mich kein bisschen dafür. Ich habe nicht das Gefühl sie beeindrucken zu müssen oder Ähnliches. Sie nimmt mich so, wie ich gerade bin, und weil sie das tut, fällt es mir sehr leicht, das gerade auch zu tun.

„Ja, und überhaupt. Ich habe nicht im Ansatz mitbekommen, dass ich eine Stunde hier sitze, ich weiß nicht einmal, wie ich hierhergekommen bin, geschweige denn, wo „Hier" überhaupt ist! Und dann bist da *Du* und bringst mich dazu, alles um Dich herum zu vergessen und auch irgendwie zum Staunen. Dann tauchen ganz viele Fragen gleichzeitig in mir auf, die ich aber gar nicht stellen möchte, weil ich den Eindruck habe, sie könnten diesem Moment etwas von seiner „Heiligkeit" nehmen, die ich ihm aus welchen mit bisher unbekannten Gründen beimesse. Ich habe das Gefühl, dass gerade etwas Großes in meinem Leben passiert und sehe nicht das Geringste. Ich bin Situationen gewohnt, die „nicht normal" sind, die mich wachsam werden lassen, eben, *weil* sie es nicht sind, und doch ist das hier gerade völlig anders. Und dann schaust du mich an und lächelst, und alle Fragen verpuffen und werden mir egal. Ich habe das Gefühl, hier zu sein, um etwas zu lernen, und im Moment ist da nur eine, dafür aber sehr klare Frage, die so ganz anders ist als all die, die da eben noch waren: Magst du mir irgendwas sagen oder erzählen?". Sie schmunzelt und meint dann:

„Weißt du, du bist es gewohnt, sehr vieles zu hinterfragen und in Worte zu verpacken. Die Menschen sind das allgemein so gewohnt. Bei uns geht es aber vielmehr ums Sein. Einfach sein und im Sein kreieren. Und, im Sein angekommen, eröffnen sich noch ganz andere Möglichkeiten, weil die Theorie, nach der ihr ständig auf der Suche seid, hier einfach umgesetzt wird. Wir haben nicht wirklich Grenzen in unserem praktischen Tun.". Ich dachte, ich bekomme ein paar Antworten, stattdessen wirft ihre Antwort ganz neue Fragen auf.

Doch sie hat recht, es sind theoretische Fragen, aber die brauche ich, um die Praxis ansatzweise verstehen und umsetzen zu können. Glaube ich gerade auf jeden Fall so. Vielleicht ist es auch anders. Ich weiß es nicht. Ich fühle mich gerade wie ein Baby, dass alles erst lernen muss. Und ich freue mich darauf, all das zu lernen und zu erfahren!

„Im Sein angekommen, kann man Wasser aus dem Nichts zaubern?", frage ich neugierig.

„Aus dem ‚Nichts' ist nicht ganz richtig. Es gibt mehr, als du bis jetzt sehen und fühlen konntest. Es ist quasi in der Luft. Man könnte auch sagen, dass die Luft diese Kraft oder Substanz ist, aus der alles kreiert werden kann.", antwortet sie.

Huch... Ich dachte, ich hätte schon vieles gelernt. Ich sehe mich in meiner Welt als Quer- oder Freidenker, und dennoch befinde ich mich gerade an einem Ort, an dem ich gefühlt noch einmal ganz von vorne beginne. Definitiv habe ich schon mal gehört, dass wir Schöpfer unserer Realität seien und auch, dass es Telepathie und Ähnliches gibt. Aber das hier, das ist jetzt wie die nächste Stufe von allem, wovon ich schon mal gehört oder gelesen habe.

Sie sieht mich wieder an, und nimmt meine Hand. Ich merke, wie zart sich ihre Hände anfühlen und ein angenehmer Schauer durchläuft meinen ganzen Körper! So etwas habe ich noch nie gespürt. Es fühlt sich an wie ein Hauch von Nichts und dennoch ist da eine kräftige behutsame Berührung und eine unglaubliche Wärme zu spüren, die ich in dieser Form noch nicht kenne. Und ich merke, wie diese Wärme in meinen gesamten Körper fließt und ihn durchfließt. Es fühlt sich angenehm und vertraut an. Wow! Unbeschreiblich schön!

„Was ist das?", frage ich sie.

„Energie. Lebensenergie. Chi, Prana, Orgon, nenne es wie du möchtest. Diese Substanz, die in allem ist und aus der alles entsteht, in ihrer reinsten Form. Die Menschen haben viele Bücher über sie geschrieben. Wie vorhin gesagt, ihr liebt es, in eurer theoretischen Welt zu verweilen. Doch hier erlebst du das Sein.".

Auch das sagt sie mit einem spitzbübischen Unterton und blickt mir dabei mit ihren voller Liebe strahlenden Augen tief in meine. Ich merke, ich sollte aufhören zu denken. Ich schließe meine Augen und gehe ganz tief in mich. Ich spüre und genieße einfach diesen Tanz, der gerade in mir geschieht. Er gleicht ein wenig dem, den ich vorhin im Außen wahrgenommen habe mit all den Geräuschen und Bewegungen der Tiere. Während ich mich daran erinnere, bemerke ich ihn auch wieder. Ich fühle gerade einen wunderschönen Tanz in mir und höre ihn gleichzeitig im Außen. Und ich bin erstaunt, wie ähnlich beides ist – nahezu Eins. Der Rhythmus scheint der Gleiche zu sein. Wow! Kann ich das auf Ewig so erleben? Ich wünschte, das, was ich *jetzt* und *hier* gerade erlebe, würde nie aufhören. Und ich wünschte, alle könnten das mal erleben! Vielleicht ist das ja diese neue Erde, von der so viele immer erzählen, dass wir sie mal erleben würden. Vielleicht erlebe ich sie gerade. Vielleicht ist alles viel näher als wir denken.

Ich merke wie diese zarten Hände langsam meine Handflächen verlassen und ich öffne meine Augen. Sie sieht mich wieder mit ihrem wunderschönen Lächeln an und meint, ich solle das kurz mal wirken lassen. Ich setze mich wieder in eine angenehme Position und spüre in mich hinein...

Etwas durchflutet mich. In Wellen durchströmt es meinen ganzen Körper, und je bewusster ich es wahrnehme, desto stärker scheint es zu werden. Ihre Berührungen und ihr Blick haben es ausgelöst. Und noch etwas Anderes. Etwas unbeschreiblich Schönes.

„Liebe!" höre ich sie sagen, und kann gar nicht genau definieren ob mit meinen Ohren oder nur im Geist. Es spielt auch keine Rolle, denn mit diesem Wort wird alles noch viel intensiver. Ein Glücksgefühl explodiert in mir, und unbändige Freude und Lebenslust machen sich breit. Ich merke, wie mein Lächeln zu einem breiten Grinsen wird, und dann fange ich an zu lachen. Leicht erst, wie ein Kichern fängt es an, und dann bricht es aus mir heraus und schüttelt mich durch. So gelöst und ohne irgend etwas Lustiges gehört oder gesehen zu haben, habe ich glaube ich zuletzt als Kleinkind mal gelacht. Lebensfreude, pure Lust am Leben. Ich lache, weil gerade alles *schön* ist! Ich muss an Wale denken, die ohne ersichtlichen anderen Grund zig Meter in die Tiefe tauchen, um dann wieder hochzukommen und die Wasseroberfläche zu durchstoßen und ihren tonnenschweren Körper meterhoch durch die Luft zu werfen, als wäre es eine Feder. Ich kann mich nicht halten vor Lachen, halte mir den Bauch vor Lachen, mir laufen Tränen vor Lachen über die Wangen, und ich rutsche vor Lachen von der Bank herunter. In all diesem Lachen und diesem Glücksgefühl vergesse ich mich völlig, und die Welt um mich herum. Nur sie, sie ist und bleibt bei mir: Dieser Engel, diese Frau, von der ich keine leise Ahnung habe, wer sie ist. Sie bleibt in meinem Bewusstsein und ich weiß, dass sie das ab hier auch immer bleiben wird. Dieser Moment ist einer dieser unvergesslichen seiner Art. Nach einer gefühlten Ewigkeit japse ich nach Luft und komme langsam wieder ins hier und jetzt zurück, das sich wie eine Computerlandschaft auf einem etwas langsamen Rechner nach und nach wieder aufbaut und in mein Bewusstsein zurück schiebt. Stück für Stück werde ich

15

mir auf diese Weise meiner Umgebung wieder gewahr, der Sonne und ihrer Wärme, des Geruchs von allem um mich herum, der Bank, des Waldes... der Abhang, die Berge, der Ozean, die Tiere und Pflanzen. Auf einmal ist alles wieder da. Ich öffne meine Augen und schaue in das schönste und liebevollste Lächeln, mit dem mich jemals jemand bedacht hat. Sie sitzt immer noch da, aber vorn über gebeugt und ist voll bei mir. Als hätte sie diesen Moment ebenso genossen wie ich, nur vielleicht nicht *ganz* so überwältigt davon.

Sie reicht mir ihre Hand und hilft mir, mich wieder neben sie zu setzen. Erneut betört mich ihre Berührung regelrecht in ihrer Sanftheit und gleichzeitigen bestimmten Kraft. Immer noch grinsend schau ich sie an, und sage, schwer atmend, „Danke! Für was immer du da gerade gemacht hast!"

„Genau genommen habe ich gar nicht wirklich etwas gemacht.", erwidert sie sanft lächelnd. „Bestenfalls konnte ich dir vielleicht helfen, dich an etwas zu erinnern, aber selbst das hast eigentlich du selbst getan. Vielleicht solltest du dir selbst dankbar sein. Dennoch freue ich mich über deine Dankbarkeit und sage: Gern geschehen!" Wie eine liebende Mutter ihr Kind schaut sie mich an, und eine neue Welle dieses Glücksgefühl durchströmt mich.

Womit habe ich das nur verdient? Diese Frage schießt mir gerade durch den Kopf, und sie sagt prompt:

„Durch deine Offenheit. Mehr war dazu überhaupt nicht nötig. Jeder könnte das immer wieder erleben, wenn die Menschen sich einfach sich selbst öffnen würden." Sie reicht mir mein Glas Wasser und ich trinke sehr gern einen Schluck. Ich fühle wie das kühle Nass meine Kehle hinunterläuft und alles fühlt sich einfach wunderbar an. Wirklich, ich meine es, wie ich es sage: Ich habe das Gefühl, noch nie so bewusst einen Schluck Wasser getrunken zu haben. Dann reicht sie mir eine Beere und als ich sie esse, überkommt mich das Gefühl gleich noch einmal, nur noch viel stärker. So süß und saftig ist sie, und ich genieße sie in vollen Zügen. Wieder laufen Tränen meine Wangen hinunter, und zu meiner Verwunderung stelle ich fest, dass ich diesmal nicht lache, sondern tatsächlich weine. Ich weiß nicht, warum. Ich fühle einen Knoten in meinem Hals. Ich fühle Angst in mir, die aber gar nicht meine zu sein scheint. Eine Angst aus vergangenen Zeiten, die jemand fühlt, der endlich an ein lang ersehntes Ziel gelangt ist. Eine Trauer, von der ich merke, wie unnötig sie ist. Ich weine nicht, weil es mir schlecht ginge. Ich weine einfach vor Glück, und vor ihr habe ich nicht das geringste Bedürfnis, mich dessen zu schämen. Vor ihr schäme ich mich überhaupt nicht. Im Gegenteil. Ich habe das Gefühl hier einfach ich selbst sein zu dürfen.

Nein, nicht nur zu dürfen. Sondern es sein zu sollen. Einfach ICH. So, wie ich gerade bin. Ich habe das Gefühl, gerade einfach nichts zu müssen. Es kommt mir vor, als würde sie mich besser kennen als ich selbst. Sinnlos erscheint jede Idee davon, mich irgendwie zu verstellen. Mit feuchten Augen schaue ich sie an.

„Puh... Was machst du nur mit mir?", frag ich sie, und weiß es wirklich nicht.

Sie lässt mir ein wenig Zeit, damit ich mich wieder sammeln kann und meint dann:

„Ich erinnere dich einfach nur an deine Fähigkeiten als multidimensionales Wesen, an dich, an alles – das All-Ein.". So viele Worte in einem Satz! Ich habe sie zwar schon einmal gehört, aber verstehen tue ich sie bis heute, glaube ich, nicht, so wie sie es anscheinend tut. Fragend drehe ich meinen Kopf in ihre Richtung und frage:

„Was meinst du mit all diesen Worten? Was ist in deiner Wahrnehmung erinnern? Was heißt multidimensional? Was ist dieses All-Ein?".

Sie blickt wieder in Richtung Sonnenlicht und ich merke, wie sie sich mit etwas verbindet. Ich kann das nicht erklären, aber ich fühle es so. Es fühlt sich so an, als würde ihre Stirn mit dem Sonnenlicht verschmelzen, mit diesem Licht, dass sich wie „zuhause" anfühlt. Was passiert hier nur? Was habe ich mein ganzes Leben verpasst? Oder eher: was habe ich vergessen, dass ich eigentlich auch alles kann? Und warum hat mir nie jemand von all dem erzählt?

Nun gut, ich akzeptiere es und freue mich es jetzt erleben und vielleicht sogar verstehen zu dürfen! Denn was wichtig ist, ist doch dieses HIER und JETZT. Sonst nichts. Wenn es mir jetzt gut geht, dann geht es mir immer gut. Weil immer eben JETZT ist. Und immer HIER.

Ich merke, dass sie wie in Trance ist. Keine Ahnung warum, aber sie wird es mir bestimmt erklären, oder wie es die ganze Zeit schon geschieht, einfach zeigen.

„Ihr Menschen habt so viel vergessen.", meint sie, „Ihr seid göttliche Wesen mit unendlich vielen Fähigkeiten. So wie wir hier. Nur habt ihr sie eben vergessen. Besser gesagt, seid ihr von Kind an damit beschäftigt, andere Dinge zu tun, sehr analytische Dinge. Und es ist eben so, wenn eine Fähigkeit nicht genutzt wird, dann wird sie bis zu einem gewissen Grad deaktiviert. Sie ist nicht weg, sie ist nur inaktiv. Ihr habt in eurer Wahrnehmung Wahrnehmungsfilter. Das bedeutet, dass ihr mit euren Sinnen eher das registriert, was auch gefördert und genutzt wird." – „Du meinst, dass Wahrnehmung selektiv ist? Schwangere Frauen sehen auf einmal hunderte andere schwangere Frauen, und wenn Du ein bestimmtes Auto kaufen willst, siehst du auf einmal ganz viele davon?" – „Ja, genau. Bei euch sind das diese vermehrt analytischen Dinge oder Kunst, jedoch nicht diese feinstoffliche Welt, die auch existiert und die mit dem dritten Auge und dem Kronenchakra wahrgenommen wird. Da niemand den Fokus auf das Feinstoffliche legt, wird es weggefiltert. Dazu dienen diese Wahrnehmungsfilter. Sie dienen nach dem Prinzip: Use it or lose it. Benutze es oder verliere es. Wenn also auf bestimmte Dinge kein Fokus gelegt wird, dann wird die Wahrnehmung dort inaktiv. Da ihr jedoch göttliche Wesen seid, habt ihr jederzeit die Möglichkeit all diese inaktiven Bereiche wieder zu aktivieren. Allein euer Interesse dafür öffnet sie schon wieder zu einem gewissen Grad. Du musst also nur bereit und offen sein dafür."

„So wie ich es vorhin war, als du meine Hand gehalten hast?", frage ich. Sie antwortet mit einem verschmitzten Lächeln:

„Ja, genau. So einfach ist das. Du musst dich einfach erinnern, dass es ja sowieso in dir vorhanden ist, ansonsten hättest du es ja nicht gefühlt. Und alles, was da ist, muss nur wieder aktiviert werden. Es muss nicht neu hinzugefügt werden.". Wow! Wie logisch das aus ihrem Mund alles klingt. Und auch so einfach. Ich dachte immer irgendwie, es sei ein unglaublich schwerer und komplizierter Prozess und jetzt merke ich, wie die Berührung und die Worte dieses engelgleichen Wesens in mir schon einiges wieder öffnet. Einfach so. Einfach, weil sie da ist. Was für eine unglaubliche Präsenz! Jetzt bin ich irgendwie sprachlos.

Sie bemerkt es, sieht mich wieder mit diesem reinen schönen Lächeln an und meint:

„Ja, echte Liebe macht sprachlos. Echte Liebe erinnert uns an das All-Ein aus dem alles Leben besteht. Und da dieses All-Ein keinen Verstand hat, wie ihr Menschen es habt, kann es nur gefühlt werden. So wie du es auch vorhin getan hast, als du in dieses schöne unbeschwerte Gelächter ausgebrochen bist. Und... hast du dabei noch etwas gemerkt?".

Fragend sehe ich sie an und sie spricht weiter:

„Du hast nicht einmal Drogen für diesen Zustand der vollkommenen Freude gebraucht, da du dich innerlich vollkommen gefühlt hast.". Das stimmt! Wie oft habe ich schon Drogen oder drogenähnliche Substanzen konsumiert, um mich glücklich, beziehungsweise erfüllt zu fühlen. Es waren keine schlimmen Drogen, aber eben Alkohol und Gras. Nichts, was nicht unzählige andere auch konsumieren. Was wollten wir durch diesen Konsum eigentlich erreichen? Wahrscheinlich, wie sie eben sagte: Vollkommenheit. Wir versuchten, alle innere Lücken zu füllen oder auch zu betäuben. Was für ein Irrsinn! Jetzt, wo ich hier bin, gibt es nichts Berauschenderes als die Anwesenheit dieses gottähnlichen Wesens! Ja, sie wirkt wie eine wahrliche Göttin auf mich! Alleine ihre Präsenz versetzt mich schon in ein Gefühl des High-Seins. Aber es ist ein anderes High-Sein als es sonst war. Es ist irgendwie ehrlicher, authentischer und mit echter Freude gefüllt. Oder sogar mit Liebe. Ich weiß es nicht. Ich kann es noch nicht beschreiben, weil ich das Gefühl noch nicht kenne. Oder wie sie meinte, ich konnte mich bis heute nicht mehr daran erinnern, wie es ist vollkommene echte Liebe zu spüren.

Ich sehe sie mit strahlenden und staunenden Augen an und sage:

„Danke! Danke, dass du mir die Augen öffnest und mir diese Welt wieder zeigst, die ich so lange vergessen hatte. Ich kann mich zwar nicht erinnern, sie je bewusst erlebt zu haben, aber es fühlt sich doch irgendwie wie zuhause an und daher ist es mir irgendwo vertraut. Ich bin dir so unglaublich dankbar für alles!". Sie lächelt mich an, dann beugt sie sich zu mir rüber und küsst meine Stirn. Sie tut es unbefangen, fast beiläufig, unangekündigt, als sei es für sie gerade das jetzt Normalste auf der Welt zu Tuende. Ich bin völlig perplex, sitze da und merke, wie warme Wellen meinen Körper durchlaufen. Mein Geist hat gerade komplett ausgesetzt, ich wüsste nicht einmal, was ich dazu jetzt gerade denken soll, ich bekäme einen Sinn ergebenden Satz heraus, also bleibt mein Fokus auf der

Beobachtung dieses Gefühls. Automatisch klinkt der Geist sich darauf ein, und es kommen Gedanken wie: ‚Mein Gott, ist das einfach schön!' und ‚Was eine einzelne Berührung ausrichten kann!'.

„Kannst du dich erinnern, dass ich vorhin sagte, dass ihr göttliche Wesen seid?", fragt sie mich und ich antworte fragend:

„Ja. Aber momentan habe ich eher das Gefühl eine Göttin würde neben mir sitzen.". Sie beginnt laut, aber liebevoll zu lachen, verdreht leicht die Augen und meint dann: „Ach! Was haben sie nur mit euch gemacht! Und schau mal, wie klein ihr Euch dadurch selbst macht. Ihr seid alle Götter und Göttinnen - eben, weil ihr göttliche Wesen seid. Diese komische Institution namens Kirche hat euch wirklich ziemlich hinters Licht geführt.".

Sie trifft einen Nerv. Ihr letzter Satz ist für mich nichts Neues. Ich habe vor langer Zeit schon gesehen, wie sehr ich selbst katholisch geprägt bin und nur deswegen eine mitunter sehr ähnliche andere Auffassung vom Leben hatte wie andere Katholiken, und eine sehr andere als Nicht-Katholiken. Egal, welcher Religion man folgt, sie prägen einen immens durch ihre Indoktrination. Mit Religionen habe ich mich noch nie wirklich wohl gefühlt, weil ich ihren spaltenden Charakter irgendwie immer schon gespürt und auch bewusst wahrgenommen habe. Niemand liebt wirklich besser, weil er einem bestimmten durch eine Religion vorgegeben Verhaltensmuster folgt. Wie sehr die Kirchen uns von uns selbst ablenken, wusste ich also schon, aber wie sehr sie mich selbst von Gott weggeführt haben, das sehe ich erst in dem Moment, wo sie mich mit der Nase drauf stößt. Was für eine Konsequenz ist es bitte, seine eigene Göttlichkeit zu vergessen, bloß, weil man einer Doktrin folgt, die genau das verbietet: Gott in sich selbst zu finden. Weil Gott ja in den meisten Religionen etwas von sich Getrenntes ist, das es gilt, in den Himmel zu jubeln und vor ihm auf die Knie zu fallen. In Anbetracht dessen finde ich es auf einmal nicht wirklich verwunderlich, dass so viele Menschen sowohl auf die Suche nach sich selbst, als auch auf die nach Gott verschlagen hat. Beides ist in der Welt, in die ich mal geboren wurde, ein Mysterium. Und logisch erscheint mir aus dieser Perspektive auch, warum das Ganze:

Weil Religionen nun mal Werkzeuge sind. Punkt. Wie man sie nutzt und was man daraus macht, ist wieder eine völlig andere Sache, aber wenn man sich die Wirkung mal ansieht, kann man jetzt nicht wirklich sagen: ‚Ja geil, super gemacht! Lasst uns das weitermachen!' So, wie wir mit Religionen in der Vergangenheit umgegangen sind, haben wir damit hervorgebracht, dass heute so ziemlich jeder gegen jeden steht. Und weil wir so nicht nur mit Religionen umgegangen sind, das auch noch ziemlich heftig. Und das waren wohl offensichtlich nicht nur die Religionsführer. Damit so etwas solche Auswirkungen haben kann, bedarf es des Mitwirkens ALLER.

Sie weiß, dass sie mich ans Denken gebracht hat und lässt mir meine Zeit dazu. Ich schaue sie an und lasse es rattern. Dann wird mir gewahr, dass das was ich gerade gedacht habe, wieder nur das ist, was ICH kenne, und ich frage mich, ob, und was sie mir sonst noch so dazu sagen kann.

„Erzähl mal mehr, bitte.", sage ich interessiert.

Sie blickt wieder in dieses wunderschöne Licht der Sonne und beginnt von ihrem Blick auf diese Welt, in der ich mich befinde, zu erzählen:

„Weißt du, für uns hier ist es leichter, die von Menschen kreierte Welt aus einer Beobachterrolle zu betrachten, als für euch. Wir leben nach völlig anderen Prinzipien und nach völlig anderen Glaubensmustern. Im Grunde werden uns auch keine Glaubensmuster vorgegeben, wie euch. Wir können uns hier vollkommen entfalten, wie wir es von innen heraus fühlen. Ihr jedoch werdet in eine Welt geboren, die voller Vorgaben und daher auch voller Begrenzungen ist. Sie ist sogar voller Trennungen. Und wie eben erwähnt geht ein großer Teil dessen von dieser Institution Kirche aus. Sie gibt euch einerseits zwar den Hinweis, dass es die Einheit – das All-Ein – gibt, und andererseits trennt sie euch vollkommen davon. Diese Institution hat Gebäude als Häuser des All-Eins gebaut. Das ist die erste Trennung. Dann haben sie in jedes Gebäude einen auserwählten Menschen hineingestellt, durch den angeblich die Einheit, das All-Ein vertreten ist und über den jede Verbindung zu ihr läuft. Dem All-Ein wurde sogar ein Name gegeben, damit die Trennung so richtig wirksam ist und zwar der Name: *Gott*. Mit dieser Trennung wurde sozusagen ein weiterer Mensch geschaffen, ein Übermensch, der angeblich für alles verantwortlich ist. Die Erschaffung dieses weiteren Übermenschen trennt im weiteren Sinne das eigene Gefühlsleben von allem Leben, denn es wird vermittelt, dass seine Gefühle und Taten nichts mit den Gefühlen und Handlungen jedes einzelnen Menschen zu tun haben.".

Krass! Irgendwas in mir beginnt zu kribbeln und ich bekomme Gänsehaut am ganzen Körper. Das habe ich meist, wenn etwas der Wahrheit entspricht. Sie bemerkt dies und fragt mich:

„Geht es dir denn gut?" und ich antworte blitzschnell: „Ja! Erzähl bitte weiter! Es ist unglaublich interessant.".

„Gut.", sagt sie lächelnd und dreht sich wieder zur Sonne, „Ihr Menschen müsst verstehen lernen, dass es keine Trennung gibt! Nirgendwo. Weder durch Berufe, noch durch Gehälter, Religionen oder sonst irgendetwas. Und es gibt eben auch keine Trennung von oder zu Gott. Das ist alles Illusion, die euch vor allem vom wichtigsten Part eures Lebens kappt:

Die Verbindung zum kosmischen Strom. Ihr nennt diese Verbindung auch: Die Verbindung nach oben. Diese Verbindung verbindet alle Lebewesen, alle Pflanzen, alle Planeten und euch selbst mit eurem höheren Selbst. Alles ist miteinander verbunden, da alles aus der gleichen Substanz besteht. Euch wurde vermittelt, dass diese Substanz Gott ist. Leider wurdet ihr aber durch diese Erschaffung dieses bildlichen Übermenschen von Gott getrennt und daher von dieser alles verbindenden Substanz und somit von euch selbst. Denn Gott ist diese Substanz. Und diese Substanz seid ihr. Sie ist in jeder eurer Zellen. – Ja, auch in jeder *deiner* Zellen!". Es kribbelt immer stärker in mir und ich bekomme noch mehr Gänsehaut. Gleichzeitig fühle ich ein vertrautes Gefühl in mir. Dieses Gefühl sagt mir, dass ich dieses Wissen kenne.

Ein anderer Gedanke meldet sich in mir, und zwar, dass bewusste Menschen sehr oft schreiben oder sagen, dass ihre neue Religion Liebe sei. Ich blicke zu ihr und will sie neugierig nach ihrer Meinung dazu fragen. Doch anscheinend hat sie meinen Gedanken schon gehört und antwortet ohne, dass ich etwas gesagt habe:

„Ja, es gibt diese Menschen, die meinen, Liebe sei ihre neue Religion. Das ist ein sehr guter Ansatz, jedoch haben sie es noch nicht vollständig verstanden, was sie hier sagen. Jedenfalls nicht alle von ihnen. Das hängt damit zusammen, dass einerseits von der Kirche und andererseits durch die Erziehung unendlich viele Glaubensmuster weitergegeben werden, die rein gar nichts mit echter vollkommener Liebe zu tun haben. Solange jeder einzelne dieser Menschen nicht weiß, was echte vollkommene Liebe ist, solange kann er diese ja auch nicht fühlen und dadurch weiß er gar nicht, was er da sagt."

Das macht mich nachdenklich, denn ich dachte ja auch schon verstanden zu haben, was lieben heißt. Anscheinend darf ich auch hier noch etwas erkennen und anders fühlen lernen. Irgendwie aufregend! Ich liebe es, Neues zu erfahren und frage sie gleich:

„Was ist denn Liebe, wie würdest du sie beschreiben?".

„Liebe ist etwas, das man eigentlich nicht in Worte fassen kann. Aber was ich dir sagen kann, ist, dass es die reinste, feinste und höchste Schwingung ist, die existiert.", antwortet sie.

„Ja, das Problem kenne ich. Es ist so schon schwer, etwas zu erklären, wenn so viele Menschen so viele verschiedene Definitionen irgendwelcher Worte haben, dass meist niemand in der Lage ist, den anderen zu verstehen, es sei denn, er strengt sich an und interessiert sich wirklich. Das ist schon schlimm genug bei Begriffen, die sich relativ leicht deuten lassen, weil man etwas kurz zeigt, und dann kommt ein Aha-Erlebnis. Aber bei abstrakten Worten wie ‚Liebe' oder ‚Respekt' oder ‚Demut' kann das dann richtig frustrierend werden. Und da ich mich da nicht ausnehme, frag ich hier lieber auch gleich mal nach, ob ich dich richtig verstehe. Könnte man das was du in deinen Worten so ausdrückst in anderen Worten auch so umschreiben, dass die Liebe so etwas wie ein alles begründender Urzustand ist, aus dem heraus sich alles entwickelt und eine Form durchläuft, um dann wieder in den Urzustand zurückzufallen und dadurch wieder eins und verbunden mit allem? Dann wird das Ganze für mich bildlicher. Vorstellbarer. Irgendwie muss ich es mir ja vorstellen können."

„Das ist gar nicht mal ein so schlechtes Bild für Leute, denen es leichter fällt, Dinge bildlich zu greifen und begreifen. Vor allem zeigt dieses Bild etwas völlig Anderes, als was auf der Erde gemeinhin als ‚Liebe' verstanden wird. Damit kommen wir zum nächsten Punkt, und der ist, was genau die Menschen auf der Erde fälschlicherweise für Liebe halten." Sie schaut mich an und ich genieße kurz einfach ihren Blick. Selbst ihre Blicke sorgen dafür, dass ich mich immer besser und wohler fühle, und beobachten kann wie mein

Energielevel fühlbar immer weiter steigt. Ich genieße den Zustand. Ich signalisiere ihr, dass ich gern mehr hören möchte.

„Was mir als erstes aufgefallen ist, was ihr Menschen mit Liebe verbindet, sind materielle Dinge in der Farbe Rot. Doch Liebe ist weder materiell noch nur die Farbe Rot.". Ich sehe sie erstaunt an während sie weiterspricht. "Die Menschen müssen verstehen, dass alles Frequenz ist und daher auch Farben. Und sie sollten auch Wissen über Chakren haben, denn dann würden sie verstehen, dass die Farbe Rot die selbe Frequenz hat, wie das Wurzelchakra, das beim Schambein und beim Steißbein aktiv ist. Diese Frequenz beinhaltet alles, was mit Wurzeln zu tun hat. Also Sicherheit im Allgemeinen, Geborgenheit, Zuversicht, Urvertrauen und existentielle wie finanzielle Sicherheit. All dies ist wichtig und auch die Basis um echte vollkommene Liebe wahrnehmen können, jedoch ist diese Frequenz nur ein kleiner Teil von dem, was echte vollkommene Liebe ist. Echte vollkommene Liebe wirkt über alle Chakren und noch viel weiter. Stell dir doch einmal vor, Liebe wäre nicht Rot, sondern Orange, Rosa, Gelb oder Grün? Für sehr visuell veranlagte Menschen ist das einfach nur ein Hinweis, dass eben viel mehr dazugehört als nur Rot. Wenn alle Farben sich an einem Punkt treffen, welche Farbe ergibt sich dann?".

"Weiß.", antworte ich.

"Genau", sagt sie, "und wie fühlt sich Weiß für dich an?"

„Rein, edel, unbeschmutzt. Voller Möglichkeiten, es erinnert mich an die weiße Leinwand, auf der sich jedes beliebige Bild malen lässt. Wieder so etwas wie ein Urzustand. Und ich verbinde Weiß auch mit Ruhe. Und Frieden. Anscheinend nicht nur ich, denn Weiß ist die Farbe der Friedens-Flagge. Die Assoziation muss vor mir schon jemand Anderes gesehen haben. Aber weißt du, was mir auch auffällt? Ich mag es, wenn mich Leute überraschen können. Ich dachte du kommst jetzt mit irgendwas von wegen 'Ihr habt gelernt, das Besitzdenken als Liebe zu bezeichnen' oder umgekehrt, und dann kommst du mit ‚roter Materie'. Das gefällt mir. Man lernt nie aus!". Ich verliebe mich in ihre Grübchen, als sie lächelt. Doch sie weicht meinem Blick nicht aus, zeigt keine Spur von Verlegenheit. Sie nimmt sich eine Beere aus dem Korb und steckt sie andächtig in den Mund. Sichtlich genießt sie mit geschlossenen Augen, lässt sich die Sonne ins Gesicht strahlen.

„Weißt du...", sagt sie dann und schaut mich unvermittelt wieder an. „Das mit dem Besitzdenken kommt ebenso aus dem Wurzelchakra, nur, dass dabei Angst eine Rolle spielt. Denn, wer versucht, jemanden oder etwas zu besitzen, hat Angst ihn oder es zu verlieren. Das bedeutet nicht, dass man nichts haben darf. Nur, die Gefühle dazu sind anders. Wenn man zuversichtlich ist und wenn Angst keine Rolle spielt, dann fühlt sich das Zeit-miteinander-verbringen um ein Vielfaches freier an.". Sie isst noch eine Beere und spricht dann weiter:

"Und wo Freiheit ist, ist kein Druck. Tatsächlich ist es so, dass das, was die Menschen mit Druck besitzen möchten, eher aus dem Leben verschwindet als das, was in Freiheit geliebt wird."

Ich lasse ihre Worte ein wenig nachhallen. Wie viel Sinn das alles einfach ergibt! Über wie viele Dinge haben wir in der kurzen Zeit unserer Bekanntschaft schon geredet, über die ich noch nie zuvor nachgedacht habe? Über die ich ja auch gar nicht nachdenken konnte, weil mir die Denkanstöße fehlten, die sie mir gerade gegeben hat. Und ich habe den Eindruck, dass wir gerade erst am Anfang stehen. Was um Himmels Willen habe ich in meinem Leben noch so alles übersehen?

Dann habe ich das Bedürfnis, meine Gedanken auszusprechen: „Ja, du hast Recht. Wer nichts besitzt, kann nichts verlieren. Was ja aber nicht bedeutet, dass er nichts zur Verfügung hat. Wenn man es sich mal aus dieser Perspektive anschaut, ist es regelrecht widersinnig, irgendwelchen Besitz anzuhäufen, den nicht zu verlieren dann so wichtig wird, dass man Angst bekommt, es nicht zu schaffen. Also wird man gierig und verliert völlig den Verstand und vor allem den Fokus auf alles Andere. Und wenn dann der Besitz gleichgesetzt wird mit Anerkennung, dann werden auf einmal andere Menschen zu Besitzgütern. So kam es wahrscheinlich dazu, dass es Sklaven und Herren gibt. Weil man in dieser Anerkennungs-Sucht dann völlig abhängig von anderen ist, die einem diese Anerkennung ja dann geben müssen. Und in diese Abhängigkeit sind dann immer alle gleichermaßen verstrickt. Alle von irgendwem abhängig. Auf die Weise wird man nie in Symbiose leben können, wie alle anderen Lebewesen um uns herum. Ich habe Symbiose als das Gegenteil von Abhängigkeit kennengelernt. Es ist ein Unterschied, von irgendwem im Speziellen abhängig zu sein, der dann immer auch das Potential hat, die ‚größte Enttäuschung eines Lebens' zu werden, oder auf das Wohlwollen des ganzen Umfeldes vertrauen zu können. Man verhält sich dann auch automatisch anders. Richtig?"

„Ja,", sagt sie, „ich stimme dir vollkommen zu. Das sind wirklich gute Erkenntnisse und Lebensweisen! Was fällt dir denn noch ein, wenn du gleichzeitig an Liebe und Freiheit denkst?" Ich brauche diesmal nicht groß nachzudenken, bevor es regelrecht aus mir heraussprudelt:

33

„Zuerst einmal, dass die Liebe Freiheit braucht. Weil sie in unserer Welt wie gefangen ist. Wie viel Liebe darf nicht sein oder ist gar verboten, aus moralischen oder gesetzlichen Gründen, denen allen völlig egal scheint, dass die Liebe dahinfällt, wo sie will, wie selbst der Blindeste erkennen kann und muss. Wie viel Liebe kann nicht erfahren werden, weil so wenige Leute Dinge tun, die sie lieben, während sie auf der Arbeit oder wo sie sonst wem gehorchen, irgendetwas Anderes tun? Meist etwas, das sie tun müssen, weil sie sonst kein Geld bekommen. Und dann wundern die Menschen sich, dass ihre Welt so lieblos ist. Wo ist da der Sinn? Einstein hat mal von 95% ungenutztem Denkpotential gesprochen, aber ich habe den Eindruck, dass der Mensch auch nur auf 5% seines Liebespotentials zurückgreift, und da stellt sich natürlich die Frage, welche anderen Potentiale auch wie in Ketten liegen, ungenutzt wie brachliegendes Ackerland. Wir lassen uns an allen möglichen Stellen aus den unterschiedlichsten Gründen verbieten, Dinge zu tun, die wir lieben würden, wenn wir sie nur täten. Dinge, die uns glücklich machen würden, wenn wir sie nur täten, und die wir, wenn wir sie nur täten, mit Begeisterung und Lust und Freude tun könnten. Da fehlt es an Freiheit genauso wie an Liebe. Es fehlt an der Liebe, weil es an Freiheit fehlt. Und es fehlt an Freiheit, weil es an Liebe fehlt. Freiheit und Liebe scheinen demnach in enger Verbindung zueinander zu stehen.

Und wenn ich mich frage, wieso wir so einen Blödsinn denn überhaupt mitmachen, dann komme ich auf den selben Punkt: Wir sind so unfrei, weil wir so lieblos sind, und wir sind mit allem so lieblos, weil wir es einfach nicht besser wissen, also nicht frei sind. Nicht unterrichtet in anderem als gesellschaftlich vorgegebenem Umgang mit allem Möglichen.

Dabei fällt mir dann automatisch das Nächste ein: Ein Mangel an Selbstliebe. Ist das die Antwort? Machen wir besagten Blödsinn einfach nur deswegen mit, weil wir uns selbst nicht lieben können, weil wir das lieben nie wirklich frei praktizieren können, und deswegen die Freiheit nicht haben oder kennen, es anders zu machen? Das ist ein Teufelskreis, oder?

Es ist immer eine Frage der Bedingungen, oder? Durch unsere Bedingungen machen wir uns das Leben so schwer, oder? Es gibt nichts Bedingungsloses, alles in unserer Welt ist an Bedingungen geknüpft, und so dann auch die Liebe. Weil wir mit der Liebe nicht anders umgehen können als mit allem anderen, weil wir uns ja immer nur so verhalten können, wie wir es gelernt haben. Und so auch nicht mit uns selbst. Also... versuchen wir uns selbst zu beherrschen und damit auch andere. So kommt es zu diesem Besitzdenken, durch das wir die Liebe als solche gar nicht mehr wahrnehmen können, weil wir ja denken, Liebe müsse man sich verdienen und dass sie auch nur an erlaubter

35

Stelle genossen werden darf. Und durch die Bemühungen der Kirche ist es zu einer Verhaltensweise gekommen, in der Selbstkasteiung einen höheren Stellenwert hat als Selbstbeweihräucherung. Was im Extrem beides schädlich ist, aber eben auch einen Mittelweg bietet, den man gehen könnte, und all das würde sich dann quasi in Luft auflösen. Luft und Liebe. Wenn die Liebe selbst wieder den höchsten Stellwert bildet, als Summe aller anderen Stellenwerte, die, egal welchen wert sie haben, darin aber alle gleichwertig sind. Meine Güte, was für ein wirres Gerede, aber es ergibt gerade jedes Wort davon Sinn für mich. Ich sehe es in einer Klarheit vor mir, dass ich es sogar beschreiben kann, aber man kann und will kaum glauben, dass es so simpel ist. Wenn ich das den Leuten in meiner Welt erzähle, werde ich komisch angeguckt und verständnislos belächelt. Das passt nicht ins Denkkonzept der meisten. Die meisten sind genau anders herum gepolt. Meine Erkenntnis gerade passt in keines ihrer Denk-Konzepte. Sie würden es glaube ich nicht verstehen können. Auf der anderen Seite kann mir das gerade irgendwie egal sein. Fürs erste bin ich froh und dankbar, dass ich es gerade sehen kann." Ich schau sie fragend an: "Verstehst du, was ich meine?"

Jetzt sieht sie mich mit großen, staunenden Augen an und sagt: "Ja, ich verstehe sehr deutlich, was du meinst. Hier bei uns gibt es ja weder Besitzdenken noch Selbstkasteiung. Was mich jedoch gerade erstaunt, ist, wie bewusst du dir über all das bist!". Wir lächeln uns an und freuen uns darüber. Dann spricht sie weiter:

"Ich habe gerade einen Gedanken bekommen und ich denke, er könnte interessant und wichtig für dich sein.". Neugierig blicke ich sie an und warte, was sie sagt.

"Ich habe ja schon erwähnt, dass diese Institution Kirche euch vielmehr hinters Licht als zum Licht geführt hat. Und so auch durch die Selbstkasteiung und durch die Enthaltsamkeit auf sexueller Ebene. Dann haben sie euch auch immer wieder von einem heiligen Gral erzählt, der nur Auserwählten zugänglich ist. Das ist jedoch alles Irrsinn, denn worum es wirklich geht, ist die Sexualkraft in euch. Eure Sexualkraft ist Schöpfungskraft, die alles erschaffen kann und die, wie du weißt, auch neues Leben in die Welt bringen kann.".

Ich habe das Gefühl, dass es jetzt richtig interessant wird und ich lausche gebannt ihren Worten. Sexualität ist ja in unserer Welt völlig aus den Bahnen geraten. Wobei ich gerade nicht weiß, ob es gerade um Sexualität geht. Ich höre ihr weiter zu.

"Das bedeutet: durch die Enthaltsamkeit wurde diese wundervolle Kraft auf Low Level gebracht, also auf ein ziemlich niedriges Niveau. Da niemandem beigebracht wurde, wie man diese Kraft von innen heraus auf einem hohen Level hält, blieb sie bei vielen
37

eben unten. Und dies hat zur Folge, dass Wünsche sich nicht realisieren können. Es braucht ein gewisses Maß an Kraft und Energie, damit sich im Außen etwas formt und bewegt - und damit es dann auch in der eigenen Welt Realität werden kann.".

„Du meinst die Macht unserer Hände, oder? Das ist jedenfalls die Kraft, deren Wirkung ich tagtäglich beobachten kann. Die Kraft, durch die sich die Welt immer genau um das ändert, was wir gerade tun. Fällen wir einen Baum, ist er danach weg. Pflanzen wir einen, ist er da, bis er wieder durch unsere Hände fällt. Oder durch den Wind, oder eine andere Naturkraft. Was aber letztlich das selbe ist, weil wir auf dem Level, auf dem das alles passiert, ja Eins mit all diesen Naturgewalten sind, eben ‚Die Natur', zu der wir nun mal dazu gehören, ob wir das jetzt so sehen wollen oder nicht. Es wäre dämlich, von etwas Anderem auszugehen, weil uns das am Ende nicht nur in unseren Taten und Denkweisen von allem um uns herum trennen würde. Du weißt, was ich meine, oder? Jedenfalls scheinen sich viele auch schon gegen die Kraft ihrer eigenen Hände gestellt zu haben, wenn man bedenkt, wie wenige in vollem Umfang die Verantwortung für das, was ihre Hände tun, zu übernehmen bereit sind. Das passiert eben, wenn man gehorcht, und die eigenen Hände nicht mehr tun, was man selbst gern mit ihnen machen würde, sondern eben, das, was wir von anderen gesagt bekommen. Ist das nicht hirnrissig? Ist das, was du meinst?"

„Nein,", sagt sie lächelnd, „nicht direkt. Aber das, was du eben sagtest, ist, denke ich, die Basis von dem, was ich meine. Ich finde es auch eine schöne Formulierung, diesem Tun die Worte „die Macht der Hände" zu verleihen. Deutlicher kann es gar nicht gesagt werden, wenn etwas auf materieller Ebene gemacht wird. Und nahezu alles, was ein Mensch auf materieller Ebene tut, macht er mit seinen Händen. Dieser Gedanke von dir ist der erste Schritt, um bewusste Handlungen auszuführen – eben auf materieller Ebene. Wir haben jedoch noch die geistige Ebene. Alle Wesen haben die. Und von dort kommt der Ursprung aller Handlungen. Denn alle Handlungen müssen zuvor ein Gedanke sein, egal ob dieser bewusst oder unbewusst stattfindet. Der nächste Schritt ist daher, bewusst die eigenen Gedanken zu beobachten, welche anschließend zu Handlungen werden. Also raus aus dem ohnmächtigen, unbewussten Dasein und rein ins bewusst Sein. Wenn die Menschen wieder in diesem „bewussten Sein" angekommen sind, dann können sie ihre wahre innere Kraft wieder aktivieren - beziehungsweise wird das von allein geschehen, denn sie beginnen ja nach ihrem inneren Empfinden zu handeln und nicht mehr nach äußeren Anweisungen oder nach Gruppenzwang. Sie sind dann wieder bewusst im Hier und Jetzt angekommen und benutzen ihre Fähigkeit, selbst bewusst zu denken und ihrer Denkweise entsprechend zu handeln. Und da kommt diese Schöpfungskraft oder Sexualkraft, von der ich vorhin sprach ins Spiel. – Ins Spiel des bewussten Lebens. Kannst du dich erinnern?", fragt sie mich und ich antworte mit einem klaren: „Ja!".

Sie spricht weiter: „In einer rein feinstofflichen Dimension, ist alles manifestierbar – zu jeder Zeit an jedem Ort. Wir haben hier fast keine Grenzen. Und das einfach, weil man daran denkt und es sich in Gedanken zurecht formt. In einer Dimension mit Materie ist das ein wenig kraftaufwändiger, weil die Energie viel mehr gebündelt werden muss. Materie ist nämlich extrem gebündelte Energie und durch den Magnetismus fühlbar sowie durch Lichtreflektion sichtbar.".

Wie logisch sie das erklärt! Ich bin wirklich gespannt, was da jetzt noch an Input kommt. Was für ein Geschenk, dass ich jetzt gerade hier sitzen und ihr lauschen darf!

„Und diese Materie formt sich durch eure Gedanken und anschließend durch eure Hände, so wie du es vorhin gesagt hast. Das Problem in eurer Welt ist, dass euch in erster Linie das komplette Wissen über eure Gedanken und ihrer Macht genommen wurde. Also das Wissen darüber, dass euer *Gehirn* eure Welt kreiert. Und anschließend ist da natürlich das Problem, dass ihr von Kind auf daran trainiert werdet, äußeren Anweisungen zu folgen, die sagen, was eure Hände zu tun haben. Sei es in Form von Hausaufgaben oder später in Form von Jobanweisungen oder anderen Befehlen. Ihr kommt ganz lange nicht auf die Idee, selbst darüber nachzudenken, was eure Hände noch machen könnten beziehungsweise, was sie gerne machen würden. Manchmal wisst ihr, was sie gerne machen würden, habt aber keine Zeit dafür, weil ihr ja damit beschäftigt seid, den äußeren Anweisungen zu folgen. Diese äußeren Anweisungen, bzw. denen Folge zu leisten, bringen euch folgend im Erwachsenenalter auch meist Geld, womit ihr dann eure Manifestationen kaufen könnt. Das ist ein weiterer Punkt, den sie euch vermittelt haben. Ihr müsst zuvor Leistung erbringen, um euch dann etwas kaufen zu können. Ohne Leistung keine Materie. Wir hier finden dies auch als Irrsinn. Vielleicht erzähle ich dir später noch ein wenig mehr darüber. Doch kommen wir wieder zum eigentlichen Thema zurück. Leider ist es oft so, dass eure Hände die äußeren Anweisungen gar nicht mögen und dann wird die Tätigkeit unter einem innerlichen Druck ausgeführt. Dieser innerliche Druck kommt auch aus den Gedanken, nämlich aus eher schlechten Gedanken über euer Leben. Und da sich alle Gedanken in der Materie manifestieren, tun auch diese es, nur leider im Körper. Folglich entstehen oft Schmerzen und sogar Krankheiten. Hättet ihr die selbe Energie anders und bewusst eurer Freude entsprechend eingesetzt, hätte sie sich anders manifestiert. Denn alles formt sich über die Gedanken, dessen Kraft die Schöpfungsenergie ist, die ihr leider komplett vergessen habt. Besser gesagt,

41

sie haben euch bewusst vergessen lassen, dass diese Kraft existiert. Denn, wüsstet ihr davon, dann könntet ihr sie ja auch nutzen.".

„Warte mal bitte kurz!" drängt mich ein Gedankengang, den ihre Worte in mir auslösen, der sich gerade wie eine Dampfwalze vor ihre Worte schiebt, und ich ihr ab hier gerade eh nicht mehr wirklich zuhören könnte. Ich habe gelernt, in solchen Fällen entweder einfach im Innern diesem Gedankengang zu folgen, was aber bedeutet, von anderen gesprochenen Worten nicht mehr so viel mitzubekommen. Da mich *ihre* Worte allerdings brennend interessieren und ich kein einziges davon verpassen will, bitte ich um eine kurze Unterbrechung.

„Also irgendwie... sehe ich, wenn ich dem so Lausche, was zu zuletzt gesagt hast, so etwas wie einen Umkehrschluss: Wenn alles, was wir materiell erleben, eine Folge von Gedanken ist, vor allem unserer ur-eigensten Gedanken, dann würde das ja bedeuten, dass uns eigentlich niemand etwas vergessen lassen konnte, ohne dass wir es auch mit uns haben machen lassen, sprich: Es bringt nichts, auf jemanden sauer zu sein, den wir mit uns selbst etwas haben machen lassen, wenn wir stattdessen einfach aufhören können, es mit uns machen zu lassen, richtig?" – „Ja, das ist richtig!"

„Aber dann ist wieder die Frage: Wie macht man das, mit dem ‚es nicht mit sich machen lassen'? Wie kann man entgegen seiner Gewohnheiten etwas lassen, wenn man keine Alternative kennt? Um etwas zu lassen, bedarf es normalerweise irgendwie, stattdessen etwas Anderes zu tun. Kannst du mir da helfen?"

"Ihr müsst euch einfach nur wieder erinnern, dass die Willenskraft die Schöpfungskraft in Bewegung setzt. So einfach ist das. Einfach mit der Sache beschäftigen. Dann sieht man schnell mehr. Die Willenskraft setzt die Schöpferkraft in Bewegung. Jedoch - bevor sie überhaupt in Bewegung gesetzt werden kann, muss erst wieder ein normales Grundlevel an Schöpfungsenergie existieren.".

„Und wie bringt man die auf ein normales Level?", frage ich wie aus der Pistole geschossen.

„Im Grunde geht das sehr schnell und sehr einfach, wenn ihr aufhört Dinge zu tun, die euch Energie nehmen oder die sogar schlechte Energie in eurem Körper aufbauen. Wie vorhin erwähnt, entstehen manchmal sogar Schmerzen oder Krankheiten durch Tätigkeiten, die eure Hände oder euer ganzer Körper nicht tun wollen. Du kannst dir das bildlich so vorstellen, als wäre das Potential deiner vollkommenen Energie ein vollgefüllter Wassereimer. Und je weniger Wasser darin ist, desto weniger Blumen können gegossen werden und daher in deiner Welt blühen. Hingegen je mehr Wasser da ist, desto mehr Blumen können gegossen werden und daher in deiner materiellen Welt blühen. Macht das fürs erste Sinn?".

„Ja, das ergibt Sinn. Die Energie ist sowas wie der Sprit für den Motor. Ist sie da, kann er laufen, und wenn nicht, dann eben nicht. Und wenn er zu lange nicht läuft, fängt er auch noch an zu rosten. So in der Art etwa?"

„Gut. Dann ist der nächste Schritt, sich wieder zu erinnern, was man wirklich im Leben erleben und in materieller Form haben möchte. Auch das formt sich rein über die Gedanken durch die Schöpfungskraft. Und ihr braucht nicht nur Erlebnisse, sondern auch Materie in eurer Welt, denn euer Körper ist ja auch Materie. Etwas in Gedanken zu formen, reicht jedoch noch nicht aus, um es real werden zu lassen. Die Energie, die sich durch die Gedanken feinstofflich wie ein Vakuum formt, muss sich in Bewegung setzen, damit sie sich im Außen zu Materie, oder zu was auch immer ihr euch wünscht, formen kann. Und das geschieht, wie vorhin erwähnt durch die geballte, starke Willenskraft.".

Das klingt logisch. Ich kenne dieses Prinzip irgendwie schon aus Büchern, jedoch haben sich meine Wünsche nicht immer erfüllt.

„Warum kann es dennoch sein, dass sich bestimmte Wünsche nicht erfüllen?", frage ich sie.

„Im Grunde ist das sehr einfach erklärbar. Entweder die Schöpfungsenergie ist noch zu voll mit blockierenden Gedanken oder auf einem zu niedrigen Level, oder die Willenskraft ist zu schwach. Was noch sein kann, dass von Außen etwas den Energiefluss blockiert.".

„Kann ich mir das in meinem Bild vom mit Sprit laufenden Motor so vorstellen, dass der Sprit nicht sauber ist? Sprich irgend etwas enthält, das mich bremst oder gar in andere Richtungen lenken lässt, auf jeden Fall aber nicht zielsicher dahin, wohin ich auch möchte?" – „Ja, das ist gut. Schlechter Sprit sorgt für ein schlechtes Vorankommen im Bezug auf eigene Träume und Wünsche." – „Und wenn ich Pech hab, blockiert dann auch noch von Außen etwas den Zufluss meines Treibstoffes, also Quasi wie wenn der Tankstutzen gar nicht in den Tank pumpt?" – „Ja, so in etwa!" – „Also sollte ich ab hier schon mal einfach nicht vergessen, dass ich nen Energietank habe, der gefüllt werden muss oder will, und das auch noch mit zweierlei Gebräu, und ich sollte nicht nur darauf achten, dass er möglichst voll ist, sondern auch mit welchem Sprit. Also nicht viel anders, als wir das von der Tankstelle kennen, und genau das selbe mit unserem Auto machen und dabei darauf achten müssen, ob wir Benzin oder Diesel tanken?" Ich sehe mich als Auto, das Diesel braucht. Keine Ahnung warum, wahrscheinlich einfach Gewohnheit. Die meisten meiner Autos waren Diesel, trotzdem konnte ich auch jedes andere Auto bisher sehr erfolgreich mit dem richtigen Treibstoff betanken.

„Ja, so einfach ist das genau genommen!" sagt sie jetzt. „Erklärt das ein wenig deine Frage, wie auf diese Weise bestimmte Träume nicht in Erfüllung gehen? Um einen Traum real erlebbar zu machen, brauchst du wie beim Auto den richtigen Sprit, hier die richtige Einstellung zu dem, woran du da gerade denkst, wenn du von einem Traum redest. Kann ja auch ein Alptraum sein, den man lieber nicht erleben möchte. Und wie oft werden unter Euch Menschen diese sehr wohl wahr? Die richtige Einstellung zu haben bedeutet, im Bezug auf etwas *das* zu denken und zu empfinden, was ich erleben möchte. Dabei hilft die Macht der Überzeugung. Die Glaubenskraft. Diese Fähigkeit in uns allen, die uns ermächtigt, Dingen die Möglichkeit zur Existenz zu verschaffen, indem wir daran glauben, dass sie existieren können. Wissen ist die stärkste Form dieser Kraft, und von Dingen, die wir wissen, besteht nicht der geringste Zweifel an ihrer Existenz. Ob das jetzt angenehme oder unangenehme Dinge sind, lassen wir mal dahingestellt, das ist eh immer eine Sache der Interpretation jedes einzelnen Beobachters.

Zweifel ich ausreichend an etwas, wird es immer weniger wahrnehmbar. Glaube ich ausreichend an etwas, wird es immer mehr wahrnehmbar. Das ist etwas, was jeder für sich selbst überprüfen kann. Negiere ich etwas völlig, dann hat es in meiner Wahrnehmung, meiner kleinen Welt, keine Existenzgrundlage. Ich könnte davorstehen und es nicht erkennen. Für mich würde es nicht existieren. Weiß ich um etwas, ist es hingegen aus meiner Welt nicht wegzudenken, selbst wenn es für andere einfach Spinnerei ist. Damit meißele ich es für mich in Stein. Genau so erschaffen wir das, was wir Materie nennen. Die so, wie wir sie wahrnehmen, gar nicht wirklich existiert. Sie existiert, damit wir sie so wahrnehmen können, so herum wird eher ein Schuh daraus. Die Materie ist ein Illusionsfeld, das alle Gedanken, welcher Art auch immer, real erlebbar werden lässt. Der Trick ist also ein ganz einfacher: Will ich etwas erleben, brauche ich es einfach nur stur wie ein Esel, und völlig unabhängig davon, was andere denken, für möglich halten. Aus voller Brust daran glauben. Das ist wichtig. Das Gefühl bei der Sache. Ich sollte mich pudelwohl mit den Gedanken fühlen. Weil das Gefühl der Verstärker ist, welchen die Gedanken brauchen, um sich zu manifestieren. Begeisterung und Leidenschaft haben bisher allem in die Existenz verholfen. Das klappt ziemlich gut.

Umgekehrt geht es genauso: Will ich etwas nicht erleben, dann brauche ich es einfach nur zu negieren. Wie der letzte Lernresistente zweifeln bis zum Umfallen. Etwas, das für mich nicht existiert, kann ich als solches nicht erleben. Auch das kann jeder für sich selbst überprüfen. Und auch hier sollte ich mich entsprechend fühlen. Was ich nicht machen sollte, ist meine Zweifel anzweifeln, genauso, wie ich an meinem Glauben nicht zweifeln sollte. Zweifel sind die Kinder eines ungesunden, schwachen Geistes, quasi einem Auto mit dem falschen Treibstoff. Ein starker Geist hat klare Sichten, eben, weil er nicht ständig an allem zweifelt. Außer bei den Dingen, die er nicht erleben will. Da gehören die Zweifel hin. Und an diese Zweifel sollte man dann felsenfest glauben. Kannst du noch folgen?", grinst sie mich schief von der Seite an. Mit großen Augen habe ich ihren Worten gelauscht und jetzt platzt die Frage aus mir heraus:

„Echt jetzt? Das ist alles? So einfach ist das mit dem Manifestieren? Ich meine...". Ich weiß nicht mehr, was ich noch denken soll. Ihre Worte sind so glasklar und langsam kommt mein Verstand nicht mehr mit. Nicht, weil es so schwer wäre, sondern im Gegenteil. Wie kann es sein, dass mir das vorher noch nie jemand gesagt hat? Wieso muss ich in meinem Alter auf einer Sitzbank, was weiß ich wo, neben einem Engel landen? Wieso hat man mir das nicht schon im ersten Jahr auf der Schulbank mitgegeben? Ich wäre damals durchaus schon in der Lage gewesen, das zu verstehen! Und vorbereitend auf das Leben wäre es eine wirklich lohnenswerte Lektion gewesen. Sie spürt offensichtlich deutlich, wie es in mir arbeitet und lässt mir ein wenig Zeit. Langsam und bedacht nimmt sie eine Beere aus dem Korb und beißt ein Stück davon ab. Ihr Blick und der Anblick ihrer Lippen dabei lassen alle Gedanken in meinem Kopf verstummen.

"Es gibt da noch einen Punkt, an den ihr Menschen euch erinnern müsst.", sagt sie mit klarer Stimme.

Neugierig blicke ich sie an.

"Das Leben darf von Aufstehen bis Schlafengehen voller Freude sein ohne Angst, Stress, Mangel oder Zweifel. Wenn ihr euch daran wieder erinnert, dann kommt ihr auch dorthin zurück, wonach ihr ständig sucht. Ihr müsst aufhören zu suchen und einfach beginnen wieder echt und wahrhaft glücklich zu sein. Macht das Glücklich-Sein wieder zum Sinn eures Lebens. Egal in welcher Form ihr dieses tiefe, friedliche, schöne Gefühl fühlen könnt. Ihr müsst wieder beginnen es einfach zu fühlen. Das ist in deinen Worten der wichtigste Inhalt vom Sprit.".

"Ja, du hast Recht.", sage ich, "Viele Menschen schreiben und sprechen davon. Wir werden ständig daran erinnert, dass wir einfach glücklich sein sollen.

Und trotzdem sind es so viele nicht.". Sie sieht mich an und sagt:

"Weil ihr euch noch nicht von euren Prägungen aus der Kindheit oder Schulzeit gelöst habt. Ihr habt auch oft Angst davor, was sein könnte, wenn diese Prägungen weg sind. Sie sind oftmals ein großer Teil, oder besser gesagt der bestimmende Teil eures Lebens geworden - von Außen bestimmt, statt von Innen. Und wenn dieser Teil weg ist, ist etwas Vertrautes weg und ihr könnt noch nicht fühlen, wie das andere sich anfühlen wird. Es ist also so etwas wie *Ungewissheit* da, weil ihr ja nicht wisst, wie das Schöne sich anfühlt und ob ihr es überhaupt mögt. Natürlich werdet ihr es mögen, denn es wird euch tiefen inneren Frieden und tiefe innere Zufriedenheit bringen. Das ist eben ein Gefühl, das viele von euch noch nicht kennen. Ihr seid dieses Gefühl noch nicht gewohnt, aber wenn es einmal zur Gewohnheit wird, dann wollt ihr es bestimmt nie mehr anders haben. So wie wir hier.".

Sie lächelt der Sonne entgegen und genießt den Moment. Ich merke, wie alleine dieser Moment hier mir schon eine unglaubliche tiefe Zufriedenheit beschert und ich in mir ein Gefühl von Glücklichsein fühle und irgendwie auch ein Gefühl von Angekommen sein. Sie blickt zu mir und meint:

"Ja, du hast vollkommen recht. Auch das Gefühl, angekommen zu sein, ist sowas wie Glücklichsein. Es ist das Gefühl, das sich automatisch einstellt, wenn man *nicht* das Gefühl hat, irgendetwas tun zu *müssen*. Ein Gefühl, nach dem sehr viele bei euch suchen, jedoch im Außen nie finden können. Es ist etwas, das innerlich geschieht. Meist, wenn man aufhört zu suchen und das Leben erstmal so annimmt, wie es gerade ist. Durch diese Annahme kann die Verbindung nach oben wiederhergestellt werden und das Leben kann euch endlich wieder Hinweise geben, wo es etwas für euch zum Glücklichsein vorbereitet hat. Das kann sich sogar schon in der nächsten Sekunde zeigen. Das Leben ist manchmal schnell, wenn der Gegendruck, also Angst oder Zweifel oder Sorgen zum Beispiel, weg sind. Bildlich kannst du dir das wie einen wunderschönen fließenden Fluss vorstellen. Ihr baut euch selbst oft einen Staudamm hinein und wundert euch dann warum es nicht mehr fließt.".

Ich merke, wie es in meinem Kopf ein bisschen rotiert und dass es stimmt, dass wir oft selbst unsere nicht gewollten Staudämme in den Fluss bauen. Wir sollten einfach damit aufhören.

"Ja, genau.", sagt sie, "Das einzige, was in diesem Fall zu tun ist, ist einfach aufzuhören. Und zwar aufzuhören, ständig schlechte Gefühle zu fühlen. Oder, wenn sie plötzlich aufkommen, ihnen 'Stopp' zu sagen. Und danach solltet ihr euch erinnern, wie ihr euch eigentlich gerade fühlen wollt und alles Mögliche in Bewegung setzen, damit ihr das Gefühl fühlen könnt, was ihr wirklich fühlen wollt. Ich weiß, bei euch ist es manchmal schwierig, weil die Kollektivenergie auch voller Staudämme ist, aber dennoch, wenn ihr im wahren Sein ankommen wollt, unausweichlich. Erst die reinste Form von Zufriedenheit und echte vollkommene Lebensfreude bringen euch wieder in den Urzustand zurück. In den Zustand, in dem vollkommene Harmonie ist zwischen allem. Den Urzustand.".

Ich schweife in Gedanken ab und zwei Dinge poppen auf, die eben hörte. Echte vollkommene Lebensfreude und dieser Zustand, wo vollkommene Harmonie zwischen allem ist. Ich kann beides in meinem Verstand völlig nachvollziehen, aber wenn diese Engelsstimme diese Dinge sagt, dann habe ich das Gefühl, es doch noch nicht ganz verstanden zu haben. Ich habe den Drang nachzufragen und tue es gleich: "Was meinst du mit echter vollkommener Lebensfreude und was ist dieser Urzustand, wo alles in Harmonie ist. Ich kenne diese Worte aus meiner Welt und irgendwie habe ich gerade das Gefühl du kannst mich bei beiden noch an etwas zurückerinnern, das ich durch mein Leben vergessen hatte.". Sie lächelt mich an und meint:

"Erinnere dich doch mal an einen Moment zurück, wo du so richtig das Leben genossen hast und wo alles um dich herum plötzlich wie nicht mehr vorhanden war, weil dein Hier und jetzt so voller Freude war.".

Augenblicklich fällt mir die letzte und frischeste Erinnerung ein, in der ich das bewusst gefühlt habe.

„Ich war letztens mit einer Freundin im Wald spazieren. Da war ich einfach im Moment, habe genossen, Bäume umarmt, hab an Blüten und Blättern gerochen, mich gefühlt wie ein kleines Kind. Völlig unbedarft und frei. Nichts Anderes interessierte mich, als das, was gerade vor meiner Nase lag. Ich musste nichts, keiner wollte irgendwas von mir und ich nichts von irgendjemand anderem. So richtig bewusst wurde mir das dann, als ich merkte, dass im Kopf meiner Freundin, auch wenn sie nichts sagte (oder vielleicht gerade deswegen), ganz andere Dinge passierten. Ich wusste, dass sie noch zwei Tage arbeiten gehen musste, bevor auch sie Urlaub hatte, den wir zusammen verbringen wollten. Da fällt mir auf, dass ich gerade eigentlich bei ihr in genau diesem Urlaub sein sollte, und anderswo wahrscheinlich auch bin, während ich in diesem selben Moment neben Dir auf dieser Bank sitze. Ist schon komisch, das alles. Jedenfalls sah ich regelrecht, wie sie mit diesen bevorstehenden Ereignissen beschäftigt war, und nicht wie ich mit dem, was uns umgab. Aber ich kenne das Gefühl sehr gut aus eben genau solchen Situationen, in denen nichts weiter wichtig ist als das, was man gerade macht. Wo man keinen

Erwartungshaltungen, Forderungen oder Pflichten ausgesetzt ist, nicht mal eigenen. Da hat man irgendwie das Gefühl, *angekommen* zu sein. Man strebt nichts hinterher, man geht seinen Weg und empfindet sich am Ziel. Meinst du das?"

Sie schmunzelt und sagt dann: "Ja, so ähnlich. Du darfst dir einfach nicht die Frage stellen, was andere Menschen neben dir denken oder worüber sie nachdenken. Und was das eventuell mit dir zu tun hat. Dann bist du in deinem Hier uns Jetzt angekommen und die Freude kann von unten nach oben durch deinen Körper fließen und überallhin, wohin sie soll. Das Schönste ist, wenn zwei oder mehrere Menschen diesen Zustand gleichzeitig erleben, dann entsteht gleichzeitig ein enorm starker wunderschöner Energiewirbel, den ich dir gar nicht mit Worten beschreiben kann. Den musst du einfach fühlen.".

Sie nimmt meine Hand und sagt: "Komm mit!". Und wir gehen in Richtung Wald. Völlig ahnungslos gehe ich einfach mit, ohne groß nachzudenken. Plötzlich sehe ich eine weiße, glitzernde Wolke. Wir gehen durch und finden uns auf einer weitläufigen Blumenwiese wieder. Es dämmert, aber ich kann weder eine aufgehende, noch eine untergehende Sonne ausmachen. Der uns umgebende Duft ist betörend, und viele bunte Schmetterlinge tanzen um uns herum. Wir gehen wortlos ein Weilchen weiter, und gelangen zu einem

Lagerfeuer, wo uns drei strahlende Wesen freudig begrüßen. Sie sehen aus wie Menschen, aber sie wirken anders. Leichter irgendwie, und lebendiger. Ihre Bewegungen sind flüssig und weich. Ihre Stimmen klingen gedämpft, doch ihr Lachen ist klar und angenehm. Ich fühle mich wie in einem Traum, in dem ich alles deutlich und bewusst wahrnehmen kann. Was sind das für Leute? Ich bin fasziniert und weiß weder, was ich denken noch sagen soll. Staunend und im Hier und Jetzt gefangen, warte ich auf das, was kommt. Ergebnislos versuche ich, an irgend etwas zu denken, egal was, aber ich kann es nicht. Die Präsenz dieser Wesen lässt einfach nichts Anderes zu, als diesen Moment wahrzunehmen. Es fühlt sich magisch an, fast heilig. Andächtig und demütig nehme ich die Einladung an, mich zu ihnen zu setzen und ohne es zu beabsichtigen, bewege auch ich mich ein wenig fließender und bedachter als normal. Der Engel setzt sich neben mich und nimmt meine Hand wieder in ihre, während die anderen schweigen. Jedenfalls dachte ich, dass sie nicht kommunizieren. Doch plötzlich fangen alle an von Herzen zu lachen. Ich bin verwirrt und sehe sie mit großen Augen an.

"Was war denn gerade so lustig?", frage ich, "Ihr habt doch gar nicht gesprochen.". Der Engel neben mir schmunzelt und gibt mir eine Antwort:

"Weißt du, wir sprechen meist nicht über den Mund, sondern durch Telepathie. Das ist für uns natürlicher und einfacher. Es gibt übrigens bei euch Indianerstämme, die machen das genauso. Die gehen schweigend nebeneinander her während sie miteinander kommunizieren.". Ich erinnere mich, dass ich Telepathie kenne und auch praktiziere. Nur ist das hier mal wieder ein ganz neues Level, merke ich.

"Was alles möglich ist! Und was wir alles ungenutzt haben lassen oder sogar vergessen haben. Unglaublich!", denke ich laut - ohne es zu merken. Die anderen schmunzeln wieder. Ein engelhaftes Wesen sieht mich an und sagt:

"Nicht so schlimm. Möchtest du es auch wieder können? Das geht in unserer Präsenz viel schneller als du denkst.". Mit großen Augen sehe ich sie an. Sie ist ebenso wunderschön wie der andere Engel. Diese Wesen haben eine Ausstrahlung, eine Präsenz, die ich so noch nie wahrgenommen habe. Und ihr Mund bewegt sich keinen Millimeter, als sie weiter mit mir spricht:

„Das Problem derer, die nicht mehr bewusst telepathieren können, ist genau genommen einfach nur, dass sie zu viel reden. Sie reden so viel, dass sie denken, ohne würde es nicht gehen.". Ihre Augen lachen. „Der einfachste Weg, sich seiner telepathischen

Fähigkeiten wieder bewusst zu werden wäre also, einfach mal nicht mehr zu sprechen. Kommunikation findet im Inneren statt, nicht im Außen. Kommunikation hat wesentlich mehr mit Gefühl zu tun als mit Worten. Braucht keine Worte. Nur die Menschen brauchen die Worte, aber auch nur, weil sie sich so sehr daran gewöhnt haben. Und bei weitem nicht alle Menschen. Ihr kennt das als den ‚Babylonischen Fluch'. Ihr denkt zwar, Gott habe ihn Euch auferlegt, und in gewisser Weise stimmt das auch, wenn man bedenkt, dass auch Ihr Gott seid, aber letztlich wart ihr es selbst. Ihr habt Euch so wichtig genommen, und gelernt, Euch über Eure Worte und das, was ihr sagt zu definieren. Dadurch habt ihr irgendwie angefangen, nicht mehr miteinander, sondern gegeneinander zu kommunizieren. Und Euch darüber auch voneinander zu Distanzieren, die Verbindung zueinander genauso zu verlieren, wie zu allem Anderen, mit dem Ergebnis, dass ihr Euch Allein und verlassen fühlt, wenn gerade niemand da ist, der so spricht wie ihr.

Genau genommen habt ihr in Babylon nicht angefangen zu sprechen. Sprachen gab es schon lange davor, aber ihr habt aufgehört, einander zuzuhören. Und so könnt ihr ohne Worte so gut wie gar nicht mehr kommunizieren. Dabei geht ‚*nicht kommunizieren'* überhaupt gar nicht. Kommunikation ist immer und überall, ist Gefühl, ist ‚*Gespräch mit Gott'*, ihr nennt das *beten.* Aber zum beten setzt ihr Euch vor etwas, von dem ihr Euch abgetrennt fühlt, um zu bitten oder zu danken. So seht ihr weder, dass ihr zu jeder Zeit betet, noch das, zu dem ihr betet. Sonst würdet ihr das, was ihr *Gott* nennt, in allem erkennen, was Euch umgibt. Ihr würdet verstehen, dass ihr permanent kommuniziert. Und zwar genau so wie wir hier. In Perfektion. Das Dramatische daran ist, dass die Kommunikation über Worte Raum für Missverständnisse schafft, die es in der Kommunikation über das Gefühl nicht gibt.

Als praktisches Beispiel: Ich weiß, dass Du gerade ganz andere Worte wahrnimmst als ich, weil wir tatsächlich ganz verschiedene Sprachen sprechen. Aber das Herz kennt nur eine Sprache, und die ist universell. Du hörst nicht meine Worte, sondern die, mit denen du das Gefühl interpretierst, das ich in deine Richtung sende. Und genau das tun wir immer. Würde ich gerade laut in meinen Worten sprechen, würdest du nicht eines davon verstehen, es würde für dich regelrecht *chinesisch* klingen. Genauso kannst du dich mit Sicherheit an Begebenheiten in deinem Leben erinnern, in denen du dich mit Leuten verstanden hast, die deine Sprache nicht gesprochen haben. Ihr habt euch verstanden, weil ihr euch verstehen wolltet. Und genau deswegen war es möglich. Und das völlig ohne Worte. Ihr wusstet einfach in diesem Moment, was der andere ausdrücken wollte, so wie du jetzt gerade genau verstehst, was ich dir sagen möchte. Und ich weiß, dass du nicht nur die Worte verstehst, weil du mein Gefühl in deiner Sprache interpretierst, sondern auch den Sinn dieser Worte."

Langsam wird mir klar, warum mein Engel eben vorhin auf der Bank mich so überdeutlich verstehen konnte. Weil sie gar nicht mich verstanden hat, sondern sich selbst. So wie ich mich verstanden habe, und nicht sie. Und dann wird mir etwas deutlich, das mich noch demütiger werden lässt als ich es gerade eh schon bin:

Wir sind alle Teil von etwas Ganzem, das uns alle eint. Und durch uns kommuniziert dieses Ganze wieder mit sich selbst, und versteht sich und lernt. Ich sehe Gott vor mir, aber nicht als einen alten Mann mit langem Bart, der nicht weiß, ob er nun zürnen oder vergeben soll, der etwas von uns Getrenntes ist, sondern als die Einheit, die wir mit allem um uns herum bilden. Und etwas in mir zerfließt in dieser Einheit.

"Ja, jeder ist Teil des Ganzen. Wir sind *Eins mit allem*.", sagt jetzt mein wunderschöner Engel von der hölzernen Bank, "Und über das fühlen können wir dieses Einssein immer wahrnehmen. Wie ich dir auf der Bank vorhin erzählt habe, hat diese Institution Kirche euch erklärt, Gott sei etwas weit Entferntes, jedoch ist eure Fähigkeit - und auch unsere Fähigkeit hier - dieses Wesen 'Gott' zu fühlen. Die Kirche erzählt euch sogar, dass Gott in euch und in allem ist. Leider erwähnt dabei niemand, dass es einfach eure Fähigkeit zu fühlen ist. Die Fähigkeit zu fühlen ist Gott. Nicht der alte Mann mit weißem Bart im Himmel ist Schöpfer, eure Fähigkeit zu *fühlen* ist 'Schöpfer aller Realität'. Denn alles Feinstoffliche und jede Materie ist in sich Frequenz, wie das Fühlen auch Frequenz ist. Durch das Gesetz der Resonanz formt ihr die Materie in eurem Leben, wenn das Gefühl in Einklang mit ihr geht. Immer. Ihr tut dies jede Sekunde, so wie wir. Der Unterschied ist, dass ihr es zum Großteil unbewusst macht und wir hier wissen davon und können es daher bewusst tun. Ihr betet *ständig*. Ihr sprecht ständig mit der Einheit, denn ihr fühlt ja immer.". Sie macht eine kurze Pause und fügt dann hinzu:

"Telepathie ist eines der Werkzeuge, um dieses göttliche Dasein bewusst zu leben und zu kreieren. Eben Schöpfer von allem zu sein. Und um die Verbindung zu allem zu erleben, dieses Gefühl *Eins mit Allem* zu sein.".

Sie hat recht. Ich kann nicht *nicht* mit Gott, mit der Einheit, mit allem, was ist kommunizieren, denn ich fühle ja ständig. Was für eine krasse Erkenntnis ist das bitte? Ich habe das Gefühl, das ist eine dieser Erkenntnisse, die mein ganzes Leben verändern. Das spüre ich jetzt schon, denn meine Wahrnehmung verlagert sich gerade auf meine Gefühle und ich prüfe, wie sich diese gerade anfühlen. Wenn ich jetzt bewusst darüber nachdenke…

Was strahlen sie aus? Was kommt durch sie in mein Leben? Ich merke, dass ich irgendetwas unbeabsichtigt richtiggemacht haben muss, ansonsten würde ich das hier gerade nicht erleben. Das habe ich ja auch durch meine Gefühle angezogen.

Plötzlich kommen Gedanken auf. Ich schließe intuitiv meine Augen und lasse sie durchlaufen:

Vor 2500 Jahren hat ein alter Chinese namens Lao-Tse versucht, in seinem Buch ‚Tao Te King' eine alles umfassende Gottheit zu beschreiben, die nicht von uns getrennt ist, sondern uns alle eint. Die keine eigenen Interessen hat, sondern deren Interessen aus allen Interessen seiner Bestandteile bestehen, die *wir* sind. Die keine eigene Entität ist, sondern *die* Entität, die wir alle gemeinsam Bilden. Menschen, Tiere, Pflanzen, Mineralien. *Alle* eben. Völlig hierarchielos. Nichts darin ist mehr oder weniger wert als irgendetwas anderes. Er hielt es für nötig, darauf hinzuweisen, weil es für die Menschen unvorstellbar geworden war, sich etwas solches vorzustellen. Weil die Menschen schon damals in einem materialistischen Weltbild gefangen waren, in dem nur existiert hat, was man auch sehen, anfassen, oder wenigstens riechen konnte. Alles andere wurde der Einbildung, der Fantasie oder dem Mysteriösen zugeordnet, aber nicht der Realität.

Doch das Gefühl ist nicht nur real und damit Realität, ohne dass man es greifen könnte, sondern es ist realer als alles, was man sich nur vorstellen kann. Und egal, was du dir vorstellst, all das ist nur Vorstellung. Egal, was du anfassen, riechen, schmecken, sehen oder hören kannst, ist genau genommen nur Illusion. Nichts davon ist real, weil nichts davon wirklich ist. Wirklich, also wirksam, wird alles erst dann, wenn es auf das Gefühl in dir eine Wirkung hat. Und dann erst nimmst du es wirklich wahr. Lao-Tse schrieb in einem Kapitel, dass er das, was er zu beschreiben versuchte, in Ermangelung eines besseren Namens, das *Tao* nannte. Dieses *Tao*, das er beschreibt, beinhaltet allerdings alles, was das Gefühl auch beinhaltet. Es ist nicht greifbar, ist in allem und jedem von uns, folgt keinen eigenen Interessen, sondern unser aller Interessen, eint uns auf eine Weise, wie nichts Anderes uns einen kann, und bringt alles aus sich selbst hervor. Es ist in jedem von uns anders, so unterschiedliche es nur sein kann, und trotzdem in jedem von uns ein und das Selbe. Ihr habt ein anderes Wort dafür, und nennt es Liebe. Leider nennt ihr das Besitzdenken, das Begehren auch Liebe, und das sorgt für entsprechende Verwirrung. Denn das eine hat mit dem anderen so gar nichts zu tun, und beides mit dem selben Namen zu belegen ist nicht nur regelrecht blasphemisch, sondern eben sehr unklug.

Den Schuh braucht ihr Euch nicht anzuziehen, denn ihr habt es so von euren Älteren gelernt. Und die wussten es auch schon nicht besser. Es ist eine uralte Täuschung, die bis heute in euren Köpfen wirkt. Aber ihr habt jederzeit die Möglichkeit, euch über diese Dinge Gedanken zu machen, und so wieder Licht ins Dunkel zu bringen. Klarheit zu gewinnen und Zugang zu dem, was euch wirklich ausmacht: Euer Gefühl.

Ich öffne die Augen und schaue direkt in die des einen Wesens, das auch mich direkt anschaut.

„So weit verstanden?", fragt der mich jetzt laut, mit einer Stimme, die so sanft und liebevoll, aber auch unumstößlich bestimmt klingt.

„Ja,", sage ich langsam. „Verstanden. Zumindest in der Theorie. Was das Ganze in der Praxis bedeutet, werde ich wohl in der nächsten Zeit erfahren müssen. Jedenfalls habe ich gerade eine völlig neue Perspektive auf mein Leben gewonnen. Danke dafür!"

Ich merke, dass mein Bauch beginnt zu knurren. Anscheinend habe ich Hunger. Aber ich hätte es ohne dieses Knurren gar nicht gemerkt, denn ich fühle mich voller Energie, als hätte ich tonnenweise gefuttert. Eines dieser wunderschönen engelhaften Wesen bemerkt das und meint:

"Du bist es gewohnt, physische Nahrung zu dir zu nehmen. Darum meldet sich dein Körper. Energiegeladen bist du, da du dich die letzten Stunden mit ausschließlich positiven Dingen beschäftigt hast und durch unsere Anwesenheit erinnert sich dein Energiesystem, dass es ja auch feinstoffliche Nahrung von oben beziehen kann und auch einfach aus der Luft.".

"Aus der Luft?", frage ich.

"Ja von der Luft ebenso.", antwortet das Wesen, "Irdisch gesehen ist da natürlich Sauerstoff vorhanden, aber eben auch einfach Energie, Licht oder *Tao*, wie du vorhin in Gedanken hattest. Deswegen ist richtige Atmung für euch so eine hilfreiche Technik, denn so kommt reine Energie in euer System. Nicht nur Sauerstoff ist wichtig zum Leben, auch Lebensenergie.".

Da ist was dran. Ich habe zwar noch nie darüber nachgedacht, in meinem Kopf klingt es jedenfalls sehr plausibel. Ich erinnere mich auch, dass es im Wald doch die beste Luft überhaupt gibt. Heißt das, dass Bäume auch Lebensenergie und nicht nur Sauerstoff produzieren? Der Engel von der hölzernen Sitzbank, der noch immer meine Hand hält, sagt nichts, aber lächelt mich mit einem Blick an, der mir zu verstehen gibt, dass es wohl so ist.

Das Wesen, das mir eben noch von Luft und Lebensenergie erzählte, dreht sich auf einmal um und es knirscht, wie bei der hölzernen Bank vorhin, als das mein Engel Wasser für uns herbeizauberte. Es dauert nicht lange und es dreht sich wieder zu uns und reicht jedem von uns etwas zu Essen. Es ist ein Mais, wie ich ihn nur aus meinen Kindheitstagen kenne. Mais, den mein Großvater damals selbst anbaute. Mais, der absolut nichts mit dem zu tun hat, was wir aus Supermärkten oder heutigen Maisfeldern kennen.

Ich halte den Kolben in der Hand, der auf einem Maisblatt liegt und schaue ihn an, rieche ihn und nehme ihn mit allen Sinnen auf, als ich herzhaft hineinbeiße. Er schmeckt wunderbar. Ich erinnere mich an Maiskolben, die wir früher im Urlaub in Griechenland gegessen haben. Schön große Maiskolben, die auf einem Grill an der Straße geröstet und gesalzen zum Verzehr angeboten wurden. Zu meiner Verwunderung scheint sich alles in mir an diesen Mais zu erinnern, denn plötzlich schmeckt der Mais exakt genau so. Geröstet und gesalzen. Verwundert schaue ich die anderen an, die mich scheinbar vergnügt beobachten und selbst sichtbar genießen. Ich schaue auf den Maiskolben in meiner Hand, der, ohne dass ich irgend etwas mitbekommen hätte, in einen genau solchen Maiskolben verwandelt hat. Es ist wie in einem Traum.

„Es ist tatsächlich wie in einem Traum", sagt nun der Engel (ich nenne diese Wesen jetzt einfach mal so), der von mir aus gesehen ganz links sitzt.

„Genau genommen ist alles, was wir wahrnehmen, wie in einem Traum. Egal, in welcher Realität wir uns bewegen. Das, was wir wahrnehmen, ist das, was wir *denken* wahrzunehmen. Durch unsere Gedanken wird alles, was wir wahrnehmen, zur entsprechenden Realität. Durch unsere Gedanken lassen wir das, was wir erleben zu dem werden, was wir erleben. Auf der Erde ist es aber sehr schwer, das zu bemerken, weil ihr da mit sehr eingefahrenen und sehr verfestigten Denkmustern zu tun habt. Auf der Erde habt ihr mit sehr ausgeprägten Kollektiv-Wahrnehmungen zu tun. Ihr seid es gewohnt, Dinge, die andere nicht wahrnehmen können wie ihr, als *nicht real* wahrzunehmen. Real ist für Euch immer nur, was andere auch wahrnehmen, und dann auch nur in der Form, in der Eure Wahrnehmung bestätigt wird. Realität ist für Euch immer nur das, was in Eure Denk-Konzepte passt. Ihr erlebt so wahnsinnig viel mehr als es Euch bewusst ist, weil ihr immer nur als real seht, was andere bestätigen können. Dabei hat immer die Sichtweise die größte Macht, die am stärksten vertreten ist. Deswegen geht ihr zusammen spazieren und braucht euch über das Wetter nicht zu streiten, denn entweder regnet es, oder es scheint die Sonne. Es gibt da eine Schnittmenge, auf die ihr Euch einigt. Und die beherrscht quasi euren gesamten Wahrnehmungsraum. Ihr könnt nicht fliegen, weil ihr überzeugt davon seid, dass eine Kraft namens Gravitation Euch am Boden hält. Ihr könnt es euch kaum anders vorstellen, weil ihr es nicht anders kennen gelernt habt, und wenn jemand etwas Anderes behauptet, wird er sehr komisch angeschaut. Eben so, wie alle angeschaut werden, die Sichtweisen aussprechen, die den kollektiven Perspektiven nicht entsprechen. Bei der Gravitation ist es so, dass so ziemlich alle Erdlinge die selbe Meinung teilen. Aber das ist bei Weitem nicht immer so. In politischen Fragen habt ihr zum Beispiel mitunter sehr gegensätzliche Sichtweisen, und wisst kaum Besseres damit anzufangen, als Euch darüber zu streiten. Das passiert zum einen, eben weil die Dinge so sind, wie ich sie dir gerade erkläre, zum Anderen, weil Euer Verstand darauf geschult ist, Recht zu behalten. Ihr braucht, um Eure Form von Realität aufrecht zu erhalten, Bestätigung. Bekommt ihr sie nicht, verfällt das was ihr wahrnehmt in Räume wie Fantasie oder Träume. Es ist dann für Euch nicht real, obwohl ihr es wahrnehmt. In Euren Träumen bewegt ihr Euch aber in anderen Wahrnehmungsräumen, in denen andere Gesetze gelten, vor allem für Euren Verstand. Deswegen sind in diesen Welten Dinge für Euch möglich, die auf der Erde völlig unmöglich scheinen. Zum Beispiel, dass ihr fliegen könnt. Dabei können so viele von Euch in Ihren

Träumen oder der Fantasie fliegen. Und das völlig real, wenn auch nur innerhalb dieser Welten."

Ich lausche so gespannt, dass ich fast das Essen vergesse. Alles, was ich höre, ergibt einen Sinn für mich, und dennoch wirft alles davon gerade nur noch mehr Fragen auf. Vor allem aber die, wie ich das, was ich höre, in der Richtung verwenden kann, dass meine Gesetzmäßigkeiten und die daraus entstehenden Rahmenbedingungen meiner Wahrnehmung sich ändern können.

„Schau mal", sagt jetzt der dritte Engel, „es ist gar nicht so schwer, wie du denkst. Was passiert, wenn ich dir sage, dass du gerade gar keinen Mais isst, sondern Himbeeren?"

Augenblicklich rieche ich Himbeeren, und als ich auf meine Hände schaue, liegt auf dem Blatt, das ich halte, kein Maiskolben mehr, sondern eine Portion dieser Beeren, schön groß und rund und saftig. Ich nehme eine und schmecke ihren betörend süßen Geschmack. In einem Traum würde mich das nicht einmal wundern, aber bei klarem Verstand müsste ich mich gerade nach genau dem fragen: nach meinem Verstand. Bin ich so leicht zu manipulieren?

„Nicht du, sondern dein Verstand ist so leicht zu manipulieren", sagt jetzt mein Engel, und schaut mich liebevoll an, „und das ist weitaus weniger schlimm als es zunächst klingen mag. Auf der Erde ist das tatsächlich etwas Unangenehmes, weil nur ein paar Leute davon wissen, die das aber schamlos ausnutzen und gegen die anderen verwenden, und einen großen Aufwand betreiben, damit die Anderen nichts davon mitbekommen. Denn wüssten alle, wie man den Verstand richtig nutzt, würde niemand mehr jemand anderen beherrschen können. Und Herrschaft funktioniert ausschließlich über den Verstand. Nur der, der es nicht besser weiß, und nicht selbst Herr über seinen Verstand ist, kann von Anderen beherrscht werden, indem eben die den Verstand der Menschen lenken. Und nur so kommt es zu den sehr unschönen Realitäten, in denen ihr mitunter lebt.".

Ich denke darüber nach, was sie gerade gesagt hat. Andere Menschen - ich denke jedenfalls, dass es Menschen sind - nutzen die Macht und Kraft ihres Verstandes, um andere Menschen zu beherrschen. Krass! Wenn man mal einfach so darüber nachdenkt. Wie kam es denn dazu? Einer der Engel hört diese Frage und gibt mir sofort Antwort:

"Nun… Das Wissen über die Kraft des Verstandes wurde den Menschen von nicht-irdischen Wesen übermittelt. Unter euch Menschen leben viele Wesen von anderen Planeten. Das wurde euch nur verheimlicht, aber sehr viele spüren die Unterschiede. Für andere Planeten und dessen Bewohner ist es das

Normalste der Welt, den Verstand bewusst zu benutzen. Für diejenigen, denen dieses Wissen weitergegeben wurde, ist es ebenso normal. Das Problem auf Planet Erde ist das Verhaltensmuster 'Macht und Unterdrückung'. Solange Menschen auf Manipulationen reagieren, können sie auch manipuliert werden. Erst, wenn Menschen die Manipulation erkennen und einfach nicht mehr reagieren, erst dann funktioniert diese Machtausübung über die Kraft des Verstandes nicht mehr.".

Der Engel macht kurz Pause, damit ich das sacken lassen kann. Und dann spricht er weiter: "Aber keine Sorge, göttliche lichtvolle Kräfte sind ebenso ständig am wirken. Irgendwann kommt immer Licht ins Dunkel. Und vor allem jetzt auf der Erde, ungefähr in eurem Jahr 2020, beginnen sich etliche Schleier zu lösen, da die Grundenergie der Erde enorm steigt. Bestimmte Schleier können nur in sehr tiefen Frequenzen beständig sein, und wenn diese nicht mehr existieren, dann können stattdessen die feinstofflichen Schleier existieren. Und dann!!! Dann kommt sehr viel Licht ins Dunkel und sehr viel Wahrheit an die Oberfläche, und somit ins Bewusstsein der Menschen. Im Unterbewusstsein haben viele diese Manipulationen ohnehin gespürt. Ab 2020 werden sie nun sichtbar.".

Er hat Recht. Ich merke, dass momentan sehr viel auch in den Mainstream Medien zum Vorschein kommt.

"Und was geschieht die nächsten Jahre?", frage ich wirklich interessiert. Alle Engel schmunzeln und mein Engel von der hölzernen Bank antwortet:

"Viel, mein Lieber. Das meiste könnt ihr euch in eurem derzeitigen Verstand gar nicht vorstellen. Wir haben unendlich viele lichtvolle Geschenke für euch vorbereitet. Wir machen sie Stück für Stück für euch sichtbar. Wo wir können, schicken wir euch Ideen, wie ihr Materie lichtvoll verändern könnt. Einzelne Seelen von euch haben sich längst bereit erklärt, diese Ideen zu empfangen und umzusetzen. Einige sind sogar schon mittendrin. Aber glaube mir, das ist erst der Anfang. Auch die Regierung wird sich bis 2025 maßgeblich verändern und so werden sich noch viele weitere Türen öffnen.".

"Und die dunklen, tief schwingenden Türen werden sich schließen und in Luft auflösen.", sagt ein anderes Engelswesen, "Vieles wird sich von alleine verändern, weil es sich nicht mehr auf Erden festhalten kann. Eben weil die Grundfrequenz zu fein sein wird. Alles, was grober ist, wird durch das Feine durchschwimmen und so katapultiert es sich von alleine ins Nichts, und dort löst es sich auf.". Das klingt einleuchtend.

Ich muss gerade an diese grausamen Zeitungsartikel denken, in denen über rituelle Missbräuche geschrieben wird, was mich ziemlich erschütterte, als ich es las.

"Hören dann in dieser höheren Frequenz auch diese schrecklichen Missbräuche auf?", frage ich.

"Ja.", antwortet der Engel gegenüber mir, "Leider wird das noch seine Zeit dauern, weil diese Thematik auf Erden noch viel schlimmer ist, als sich das viele vorstellen können. Diese 'Clans' sind glücklicherweise schon gestoppt worden, aber in den einzelnen Familien ist es noch nicht vorbei. Ihr habt auch noch Religionen auf Erden, die diese Rituale weiterhin ausüben, sei es in Form von Beschneidung oder in Form von Gelüsten. Vieles liegt hier noch im Verborgenen, aber mit der voranschreitenden Schwingungserhöhung öffnen sich auch die Herzen dieser Menschen, und so wird es vielen ein schlechtes Gewissen bereiten und eines Tages wird jeder dieser Täter aufhören solche Taten zu begehen... Leider kam einiges aus religiösen Traditionen. Wenige haben diese überdacht und daher einfach das getan, was sie selbst am eigenen Körper erfahren haben.".

Mich gruselt es, diesen Worten zu lauschen. Eine Frage bleibt mir dennoch offen: "Welchen energetischen oder spirituellen Hintergrund hatten diese Taten? Was muss geheilt werden, damit die Menschen frei von diesem Muster sind?".

"Die Sexualkraft ist eine der reinsten und stärksten Kräfte in euch. Dieses Zentrum ist auch der Bereich der fließenden Lebensfreude. Diese Urkraft ist auch dafür zuständig, dass alles Freudvolle im Leben fließt. Ist dieser Bereich beschnitten oder blockiert, dann ist auch der Fluss der Lebensfreude blockiert. Oft geht es den Menschen auch so, dass sie durch 'Arbeit' an Lebensfreude verlieren und in weiterer Folge die Sexualität. Euer Lebensfreude-Zentrum wird nicht nur durch physische Missbräuche blockiert, sondern auch über Manipulationen im Verstand zum Beispiel durch Pornographie oder durch Werbung, wo das Motto lautet: 'Sex sells'. Sex verkauft sich. Daher ist es ein viel tiefer greifendes Thema, als sich das die meisten vorstellen können. Vor allem ist es so, dass, wenn Lebensfreude verloren geht, Lebensenergie verloren geht, die jedoch wichtig ist, um Selbstheilung zu kreieren oder um Wünsche real werden zu lassen. Die Lebensenergie verschwindet quasi in der Luft. Dabei braucht euer eigenes Körper-Geist-Seele-System diese Energie selbst viel dringender, als ihr davon wisst.

Stell dir mal vor, alle Menschen wären in ihrer eigenen vollen Lebenskraft. Dann hätten sie die selbe Präsenz und die selben Fähigkeiten wie wir hier. Das ist die Lektion, die ihr wieder zu lernen habt und woran ihr euch erinnern sollt.".

"Und würden Menschen sich in dieser Kraft miteinander verbinden, dann würde ein Energielevel entstehen, das man gar nicht in irdische Worte fassen kann. Stell dir mal vor, wozu die Menschen dann in der Lage wären. Zwischenmenschlich und beruflich. Beruflich im Sinne dessen, wozu die Seele berufen zu tun ist.", sagt der Engel links neben mir.

Ihre Worte triggern eine Flut von Bildern produktiv und begeistert wirkender Menschen in meinem Kopf. Kreateure, Schöpfer, Meister ihres Fachs. Leute, die hervorstechen durch die Souveränität ihres Tuns. Trainierte, geübte Menschen. Menschen, die viel Zeit damit verbracht haben, Dinge zu tun, die sie begeisterten und so immer besser darin wurden.

„Mensch,", durchfährt es mich. „So könnten wir *alle* sein! Jeder könnte richtig gut in irgendwas sein, wenn er sich nur ausreichend damit beschäftigen würde! Warum tun wir das nicht alle?"

„Sehr gute Frage,", sagt mein Engel, „genau darauf wollte ich hinaus. Und die Antwort ist so einfach, wie sie auch schwierig ist: Das tun nicht alle, weil die meisten damit beschäftigt sind, anderen zu gehorchen. Die Mehrheit der Menschen benimmt sich wie eine Herde Schafe, die von sich selbst glaubt, ohne Führung

74

von oben unterzugehen. Dabei ist das nicht mal so falsch gedacht, denn genau deswegen geht ihr unter. Weil ihr keine wahre Führung von oben habt, sondern externen, vorgestellten Obrigkeiten, die für euch nur existieren, weil ihr sie als solche anerkennt. Das tut ihr, weil ihr das so gelernt habt. Weil man es euch so vorgelebt habt. Und ihr nie wirklich hinterfragt habt, ob das wirklich so sinnvoll ist. Denn dadurch, dass ihr diese Autoritäten anerkennt, erkennt ihr eine andere ab. Und habt so keinen Zugang zu der Kraft in Euch, der zu gehorchen, wirklich lohnen würde. Nämlich euch selbst, Eurer Intuition, durch die ihr zu euch selbst sprecht, zu der Liebe in Euch, und Eurem Interesse. All das zusammen zeigt euch permanent, womit es für euch lohnen würde, eure Zeit zu verbringen. Würdet ihr diesen Impulsen folgen, und anderen vorleben, es zu tun, würdet ihr wahre Meister. Folgt ihr aber anderen, und tut, was die Euch sagen, tut ihr irgend etwas *Anderes*, und das, und nur das, lässt Euch zu etwas *Anderem* werden als wahren Meistern. Es macht euch zu wahren Sklaven. Diener für Andere sind beide davon, doch die einen ganz anders als die Anderen. Was ihr seid, bedingt sich durch euer Tun, euer Verhalten, und zwar in Gedanke, Wort und Tat.

Was ihr tut, bringt ihr hervor. Nichts davon für ewig, aber immer in diesem Moment. Und in diesem Moment, und nur für diesen Moment, wird es so für euch real. So schaffen wir alle unsere Realität, und nur hier existiert sie, in diesem Moment. Hier und Jetzt. Nichts anderes existiert gerade, als das, was wahrgenommen und als real anerkannt wird. Dabei bleibt im selben Moment alles andere auch möglich. Was davon wir erleben, ist bedingt dadurch, wie wir uns verhalten. Dinge, die wir durch die Kraft unserer Gedanken ausschließen, indem wir sie für „unmöglich" erklären, werden nicht dazu gehören. Sie könnten vor unseren Nasen passieren, doch werden wir, weil wir sie ja für unmöglich halten, etwas Anderes hinein-interpretieren, also etwas anderes sehen, als eigentlich da vor uns ist. Und das passiert Euch auf der Erde ständig. So oft, dass es nicht einmal mehr auffällt.

Das ist, was euch zum Verhängnis geworden ist: Für Euch gilt so wahnsinnig vieles als unmöglich! Ja, an die meisten Sachen, an die ihr denken könntet, denkt ihr nicht mal in Träumen wie diesem, der auch nur eine Szene in diesem Moment ist. Weil ihr es gar nicht könnt, wenn ihr nur für real haltet, was ihr kennt. Das ist extrem behindernd, energieraubend und macht euch klein. So klein, wie ihr euch meistens fühlt. Weil ihr nie gelernt habt, euer Potential auszuschöpfen und wirklich mal Euch selbst zu begegnen. Ihr seid einfach viel zu viel mit Anderen beschäftigt. Anderen, die nichts weiter sind als Illusion, weil sie ausschließlich für euch *selbst* das sind, was ihr in ihnen seht."

Ihre Worte wirken wie eine gut platzierte Ohrfeige. In solcher Klarheit habe ich diese Zusammenhänge nie zuvor betrachtet. Wie simpel. Und wie schwer, da herauszubekommen!

„Schwer,", sagt nun der Engel mit gegenüber, ohne den Mund zu bewegen, dennoch weiß ich genau, dass er es ist, der zu mir spricht, mein Gefühl lässt mir keinen Raum für Zweifel, „aber nicht unmöglich. Es ist eben überhaupt nichts unmöglich.

Du willst da rauskommen, dann *glaube* einfach daran, dass du deinen Weg finden wirst.

Halte es für den Anfang einfach schon mal für möglich, das ist der erste Schritt.

Forme den Gedanken, und dann sprich ihn aus, das ist der zweite Schritt: ‚Ich werde einen Weg aus dieser Misere finden', und dann geh über zum letzten Schritt:

Fange an, dich entsprechend zu verhalten. Tu, was dem entspricht, was du sagst und denkst.

Du wirst dich wundern, wie schnell du erste Erlebnisse hast, die deine neue Einstellung bestätigen und du ihr immer mehr vertraust, bis sie ein so felsenfester Bestandteil deines Lebens geworden ist, dass du es dir ohne sie gar nicht mehr vorstellen kannst.

Erkläre alles Andere für ‚unmöglich', *alles*, was dem widerspricht, was DU erleben möchtest.

Unbewusst macht ihr das seit jeher so. Warum solltet ihr es bewusst nicht einfach für euch selbst einsetzen können? Weil man euch das bisher nicht gesagt hat, zu tun?". Er zwinkert freundlich mit dem Auge, aber irgendwie krampft mein Bauch ein wenig zusammen.

Was er sagt, macht nicht nur irgendwie Sinn. Was ich da gerade höre, zerrupft mir mein ganzes Leben, an das ich mich überhaupt nicht erinnern kann. Ich versuche mich zu erinnern, aber das löst nur eine weitere Bilderflut aus. Ich sehe wieder Menschen, aber aus Perspektive meiner Augen heraus, es wirkt alles so real, aber verschwindet sofort wieder und macht neuen Bildern Platz. Bilder aus verschiedensten Epochen an unterschiedlichsten Orten. Es sind alles Erinnerungen. Es müssen Erinnerungen sein, weil man sich schließlich nur vorstellen kann, was man kennt und mal irgendwo gesehen hat. Aber ich kann sie keiner Person, keinem „mir" zuordnen. Es müssen Erinnerungen aus unzähligen verschiedenen Leben sein. Waren das alles meine? Ich such nach einem Namen, meinem Namen, und eine Flut von Namen durchspült meinen Kopf. Ich kann gerade wirklich nicht sagen, wie ich heiße, und mal erst recht nicht, wer ich bin. Sehr irritiert sitze ich plötzlich wieder bewusst am Feuer bei meinen Engeln, deren Namen ich auch nicht kenne, was ich auch im nächsten Moment anmerken möchte, doch man kommt mir zuvor:

„Namen und Erinnerungen sind nur Schall und Rauch", sagt eine Stimme in meinem Kopf. Diesmal kann ich nicht ausmachen, von wem sie kommt. „All das dient nur dazu, zu trennen. Dazu, Dinge oder Personen zu benennen, um die Illusion aufzubauen, etwas könnte von etwas Anderem getrennt, und etwas ‚Anderes' sein als irgendetwas Anderes.

Die Wahrheit ist, dass alles EINS ist. Und zwar *ein* riesengroßes Netzwerk von Bewusstsein. Alles ist miteinander verbunden. Untrennbar. Auf ewig. Alles, was irgendwas tut, hat eine Auswirkung auf das Ganze. Das Ganze, das alles scheinbar „Andere" in sich trägt und sein Erscheinungsbild und Wesen von einem Moment in den nächsten ändert, ohne den Moment zu verlassen, in dem Alles passiert.

Um dich daran zu erinnern, vergiss einfach mal alle diese Beschränkungen. Name, Beruf, Geschlecht, Nationalität, Religion, Besitz, Ruhm, Ehre.

All das kannst du sein, weil du etwas viel Umfangreicheres bist. Nämlich vor allem ein Teil des *Ganzen*, ausgestattet mit der Kraft des *Ganzen*:

Der Liebe, aus der heraus die Schöpfung geschieht.
Diese Liebe bist Du, und du bist diese Liebe!"

Wow. Diesen Moment muss ich eben erst mal sacken lassen. Wie viel Zeug in Erscheinung tritt, wenn man mit allem verbunden und EINS ist!

Ich blicke meditativ für einige Minuten ins Feuer – OK, da Zeit hier nicht existiert, sage ich einfach, dass es Minuten sind. Wer weiß, vielleicht sind es auch Stunden oder nur Sekunden. Jedenfalls völlig irrelevant. Es ist jetzt, und das ist, was mein wahrgenommenes Ich jetzt braucht...

Wenn ich das jetzt mal so verarbeite, dann ist wirklich das Einzige von Relevanz: der jetzige Moment. Mein Blick ins Feuer. Ich kann ohnehin nur den jetzigen Moment vollkommen erleben. Und in allumfassender Verbundenheit. Alles andere ist nichts weiter als eine Gedankenkonstruktion, die man *Erinnerung* nennt. Krass! Was für eine Erkenntnis!

Auch, wenn ich andere Leben in Erinnerung habe; das, was wichtig ist, ist wie ich mich gerade fühle. Ob ich da bin, wo ich wirklich sein *möchte* und was mich eventuell blockiert, um mich frei zu fühlen. Frei in der Form, dass mich weder innerlich etwas bedrückt und dass mich auch äußerlich nichts erdrückt. Frei von jeglichem Druck und Unwohlsein eben. Einfach frei sein, damit Lebensenergie, also Lebensfreude, fließen kann.

Ach... Wie vermisse ich solche Zustände auf der Erde! So viele Menschen, die sich in ihrem 'Klein-Sein' den Fluss der Lebensfreude und somit den Fluss der Schöpfungsenergie verwehren, beziehungsweise ihr Entstehen überhaupt.

Ich merke, ich bin weg von mir und stattdessen bei 'den Anderen'. Die Anderen sind doch auch nur ein Spiegelbild von irgendetwas in mir, ansonsten würde ich nicht über sie nachdenken und sie in mein Leben ziehen. Schluss! Aus! Ab jetzt fokussiere ich mich auf das, was die Freude ins Fließen bringt. Und ich löse, was den Fluss bremst und blockiert.

Und all das im Hier und Jetzt, und im Eins-Sein mit Allem. Ich bin es wert, bin es *mir* wert, dass es mir gut geht - Jederzeit! Das Leben ist zu kurz für etwas Anderes.

Sowie ich diesen Entschluss gefasst habe, hämmert es an der Tür meines Hinterstübchens. Ein Gedanke verlangt Einlass in meinen Frieden mit mir selbst. Ich versuche ihn zu ignorieren, doch er tobt und schnauft und will sich nicht zum Gehen bewegen lassen. Keine gefühlte Sekunde noch bin ich Eins mit dem Feuer, dann fliegt die Tür auf, und es brüllt mich an:

„MEINE FRESSE, wie konnte DAS denn passieren?" – Mama, Aua! Es nervt, es stört, ich will es gerade nicht in meinem Kopf haben, denn die Frage impliziert automatisch, dass ich mich aus diesem Moment lösen und in die Vergangenheit reisen muss. Aber es hat recht! Je weniger ich mich gegen die Frage wehren kann, desto klarer wird mir der Wert ihrer Antwort. Wenn ich eben noch gesagt habe, ich löse, was den Fluss bremst und blockiert, dann habe ich wohl schon mit der Umsetzung begonnen, denn ich sehe durchaus den Zusammenhang, der sich vor meiner Nase räkelt:

Das was mich gebremst und blockiert hat, war meine innere Einstellung zum Leben, Detail für Detail, der Sprit im Tank. Kein Guter, wenn er mich durch ein so beschwerliches Leben geführt hat, wie ich es bisher gelebt habe! Und da liegt die Frage sehr nahe, wie genau das eigentlich passieren konnte. Wie kann so etwas überhaupt passieren? Wie kann man Menschen dazu bringen, sich gegenseitig so klein zu machen?

Nein! Besser, und viel wesentlicher, ist die Frage, wie man das mit *mir* machen konnte! Was in *meinem* Leben hat dazu geführt, dass ich es gelernt habe, so zu sehen, wie ich es bisher getan habe, und innerhalb dieser Geschichte hier herausfinden muss, wie beschränkt das eigentlich immer war. Beschränkt. Und beschränkend in einem. Meine Gedanken, ebenso wie meine Denkweisen, meine Urteile und Vorurteile und

Interpretationen und allem voran, wie ich jetzt erkenne, meine Glaubenskraft. Von was für einem Blödsinn war ich schon felsenfest überzeugt, der sich später als heiße Luft entpuppte? Und dann fängt es an:

Das Christkind und der Osterhase. Mama liebt mich. Mama liebt mich nicht. Milch ist gesund. Zucker macht das Leben schöner. Es regnet morgen, wenn du deinen Teller nicht leer isst. Du musst in der Schule gute Noten machen. Du hast zu tun, was man dir gesagt hat. Du bist komisch. Du bist anders. Warum bist du so komisch und anders? Warum bist du immer so kompliziert? Wieso machst du nicht einfach, was man dir sagt?

Sehr doppeldeutige Fragen, die in unterschiedlichen Richtungen zu felsenfesten Überzeugungen führen können. Und weiter:

Du bist jetzt langsam zu alt für so'n Zeug. Du musst jetzt langsam erwachsen werden. Und *seriös* sein. Das macht man nicht! Das macht man! Wie sagt man? Danke!

Wie im Zeitraffer schiebt sich ein Film an meinen Augen vorbei, der alle Situationen meines Lebens enthält, in denen ich irgend jemandem irgendwelches dummes Zeug geglaubt habe. Und warum habe ich das getan? Jedes einzelne Mal, weil ich gut dastehen wollte. Weil ich dazugehören und einer der Anderen sein wollte. Teil einer Gesellschaft, die mich akzeptiert und

83

auffängt. Und aus Angst, ausgestoßen zu werden, wenn ich nicht denke, spreche und lebe wie sie. Und selbst das habe ich von denen gelernt, die mich umgaben.

Ich sehe aber auch, wie nicht irgend jemand anders, sondern in jedem einzelnen Fall ich selbst meinem Interesse gefolgt bin und dabei völlig frei selbst ausgesucht habe, *wem* genau ich *was* genau glaube. Ich, und nur ich bin der Koch meines eigenen kleinen Süppchens. Ich habe die Zutaten hineingetan und umgerührt, ich bin der, der das Konstrukt meiner Wahrnehmung mit meinen ganz individuellen Details gefüllt hat.

Wie abfällig habe ich in der Vergangenheit nicht nur über andere, sondern auch über mich gedacht. Gesprochen habe ich mitunter völlig anders, um zu kaschieren, wie ich wirklich denke. Weil ich wusste, dass ich mich sehr unbeliebt machen würde, wenn ich das aussprechen würde, was ich wirklich denke, zumindest sehr häufig. Es war zu viel Angst in mir, um einfach mal Klartext zu sprechen, weil mir zu wichtig war, was andere darüber denken. Und dann natürlich das selbe über mich denken. Nein, ich bin nicht meine Gedanken. Das erkenne ich aber auch gerade erst so wirklich. Und ich erkenne, was giftige Gedanken in einer Wahrnehmung anrichten können.

So löst sich in mir das Bremsende und Blockierende langsam, ich erkenne, was es ist: Bremsende und Blockierende Gedanken, mitunter wie in Stein gemeißelt zu felsenfesten Grundeinstellungen geworden, die zu hinterfragen mitunter blasphemisch wirkte. Machte man lieber nicht. Hätte sich aber gelohnt! Etwas in mir beginnt langsam aber spürbar, all diese Grundeinstellungen aus ihren Verankerungen zu reißen, und das große Hinterfragen zu beginnen.

Frage an jede Einstellung: Wie fühle ich mich mit dir? Geht's mir gut mit dir? Bist du Kunst oder kannst du weg? Was zögert hat schon verloren.

Ich sehe, wie sie sich auflösen, wie Schmutz in einem imaginären Energie-Kanal, der jetzt immer lichter wird und Energie ins Fließen kommt, die sich unglaublich schön anfühlt. Der verschwindende Schmutz nimmt die beschwerenden, klein machenden Gedanken mit. Langsam drängt sich das Feuer wieder in meinen Fokus und seine reinigende Wirkung durchflutet mich.

Wow! Es ist so schön, dieses Feuer! Wie es in verschiedensten Farben strahlt. Es sind kräftige Farben, nicht irgendwie pastellen oder transparent. Sondern kräftige, strahlende Farben. Wenn ich so um mich blicke, ist alles in der Natur kräftig und strahlend. So sollten meine Grundeinstellungen doch auch sein!

Kräftig und strahlend mit Freude gefüllt. Alles andere ist Unsinn.

Was nicht kräftig ist, ist doch mit zu wenig Energie gefüllt, oder? Selbst diese Engelswesen um mich herum strahlen irgendwie in bunten, kräftigen Farben. Zwar nicht so flächig, wie die Natur, aber das glitzernde um ihnen und das aus ihnen herausstrahlt beinhaltet kräftige farbige Teile und kräftiges weißes Licht.

"Sie haben euch in eurer Welt noch etwas falsch vermittelt.", sagt plötzlich der Engel mir gegenüber. Gespannt lausche ich seinen Worten. "Statt bewusstes Schöpferdasein haben sie euch in all diesen, für uns etwas merkwürdigen, Bildungsinstitutionen Opferdasein beigebracht. Wie du vorhin ähnlich schon in Gedanken hattest. Das Problem dabei ist: Wer Opfer ist, ist ständig mit zu wenig Energie unterwegs, da Opfer dadurch zu solchen werden, weil ihnen Energie genommen wird. Und dann laufen sie mit Pastellfarben herum, weil sie das Innere so im Außen sichtbar machen. Doch müsst ihr wieder verstehen, dass bewusstes Schöpferdasein frei von Täter- und Opferhandlungen ist.

Schöpfung geschieht einfach aus kreativen Gedanken und Handlungen. Die passenden Gefühle ziehen das ins Leben, was zur Schöpfung beitragen soll. Das ist alles. So bleibt jeder in seiner vollen Größe und in seiner eigenen, kräftigen Energie. Das ist, was in der neuen Zeit auf Erden auch wieder geschehen wird. Einfach bewusstes Schöpferdasein aller Menschen. Ohne Macht und ohne Gehorsam. Ohne Hierarchie, auf Augenhöhe. Einfach mit Passion, Kreativität und durch bewusstes, energieausgleichendes Eins-Sein. Kannst du dir das bildlich vorstellen?

Ich erwarte die nächste Flut von Bildern, die meinen Geist berauscht, aber erstaunlicherweise bleibt das aus. Langsam plätschern Bilder in meine Wahrnehmung, vereinzelte Erinnerungen, die sich von den gerade vernommenen Worten angesprochen fühlen. Schüchtern treten sie aus dem Nichts in meinen Fokus.

Brüder, die sich in die Arme fallen und lachen. Dann Menschen, die Hand in Hand arbeiten und gemeinsam etwas real werden lassen, indem sie es erschaffen. Als ein Team, eine Einheit. Sie sind motiviert und im festen Glauben an den gemeinsamen Erfolg. Es herrscht begeisterte Hochstimmung. Auch hier wird viel gelacht. Ich sehe Menschen auf Feldern, die sich etwas zu essen nehmen, im vorbeigehen, als sei es für sie völlig normal. Ich sehe sie gemeinsam kochen und essen, tanzen, singen und spielen. Große wie kleine Menschen, jeden Alters und egal mit welcher Hautfarbe. Unterscheide scheinen hier den Reiz des Zwischenmenschlichen auszumachen. Ich sehe sie im Gespräch, teilweise laut und erregt, aber nie im Streit. Niemand hat ein unfreundliches Gesicht, auch hier wird viel gelacht. Und am Abend wird der endende Tag gefeiert, und das gemeinsam getane Tagewerk. Alles ist friedlich, entspannt und unbedarft. Niemand sitzt abseits, niemand tuschelt, niemand macht ein frustriertes Gesicht.

Dann sehe ich Menschen, die Probleme lösen, ohne auch hierbei nur ansatzweise in Streit zu verfallen. Sie erörtern, was genau das Problem ist, und das scheint am besten zu funktionieren, wenn jeder aussprechen kann und darf, was er sieht, ohne Angst haben zu müssen, was Falsches gesagt zu haben. Die Kerne der meisten Probleme liegen nun mal in den Tabuzonen, und deswegen hat man keinen Zugang. Tabus beim reden scheint hier auch keiner zu haben. Jeder sagt offen, was er denkt, und so findet sich schnell, woher ein Problem kommt. Kann man es einmal genau beschreiben, findet man als nächstes den Problemkern und die darin enthaltene Lösung. Sobald die jeder kennt, kann sie jeder auf seine eigene Art und Weise umsetzen, und man hilft sich eben seitig, es möglichst gut hinzubekommen. Niemand erhebt sich über andere, alle sind gleich wichtig im Spiel. Wie eine Kette nur so stark sein kann, wie das schwächste Glied.

In dieser Welt, die ich gerade sehe, scheint niemand mehr ein Interesse daran zu haben, andere klein und dumm zu halten. Wie dumm ist das auch, dann hat man ja nur kleine und dumme Leute um sich herum, und zu denen will man dann auch noch gehören? Wo ist denn da der Sinn, bitte? In der Welt vor meinem inneren Auge lebt die gesamte Gesellschaft vor allem davon, dass jeder, der dazu gehört, sein volles Potential ausschöpfen kann und sich mit den Dingen beschäftigen kann, die ihn gerade am meisten interessieren und begeistern. Genau *so* entfaltet man sich. So kann man ganz leicht das allerbeste aus sich herauskitzeln. Und das zum eigenen wie zum allgemeinen Wohl. Frust sieht man hier einfach deswegen nicht, weil niemand frustriert *ist*! Hier hat gerade niemand Zeit dazu, irgendwem irgend etwas Böses zu tun, weil jeder mit sich selbst und seinem eigenen Ding beschäftigt ist. Und trotzdem (oder besser: genau deswegen) haben alle Spaß miteinander.

Niemand pfuscht einem Anderen ins Handwerk, weil niemand Grund dazu hat. Und es auch einfach keinen Sinn ergeben würde. Der Anlass fehlt, wenn jeder mal endlich machen darf, was er will. Wer frei tun kann, wonach ihm ist, wird definitiv besseres zu tun haben, als jemand anderem zu schaden. Mit frei sei hier allerdings auch gemeint: frei von Vorurteilen, Erwartungshaltungen, Forderungen, Ansprüchen an andere oder sich selbst. Wenn man einmal sieht, wie tief Freiheit wirklich geht, bleibt nicht mehr viel Raum für Dinge, die anderen schaden.

„Siehst du, nach welchen Regeln diese Menschen spielen?" fragt mich jetzt einer der Engel von gegenüber. Ich versuche, meine Gedanken zu sammeln und einen klaren Zusammenhang der zuletzt beschriebenen Bilder zu finden. Etwas, das bei allen unter dem Strich gleich und in Bezug zu dem beobachteten Verhalten zu bringen ist:

Niemand hat einem anderen Schaden zugefügt.

Jeder hat einfach sein eigenes Ding gemacht, selbst in Zusammenarbeit mit anderen.

Alle haben frei und offen gesprochen. Gleichwertig.

Alle waren sehr auf Frieden, Ruhe, und liebe- und respektvollen Umgang bedacht.

„Ende. Das war's auch schon!", sagt jetzt mein Engel zu meiner Linken. Erstaunt schaue ich sie an. „Ja, wirklich," bestätigt sie die Frage in meinem Blick, „so einfach ist unser Leben, und deswegen ist es so umfangreich und erlebenswert. Das sind die vier goldenen Weisheiten, die wir schon als Kinder mit auf den Weg gegeben bekommen haben, und die für jeden von uns die Basis unseres Lebens bedeuten. Es sind unsere Lebensregeln, und sie funktionieren genau so wie Spielregeln. Das Leben *ist* ein Spiel, und zwar ein hochkomplexes. Das man auch sehr kompliziert spielen kann. Wenn man das denn möchte. Oder, wie viele auf
90

der Erde, dazu genötigt oder gezwungen wird. Und mit dir sprechen wir hier gerade sehr gern, weil Du jemand bist, der dabei helfen kann, den Menschen die Erinnerung an die vier goldenen Weisheiten zurückzubringen. Euer Problem ist auf der Erde nicht, dass ihr sie nicht verstehen könntet oder würdet, sondern, dass man alles getan hat, damit ihr sie einfach vergesst. Und ihr habt alles davon mitgemacht. Kein Grund also, nach Schuldigen zu suchen. Ihr steckt da alle zu absolut gleichwertigen Teilen *mit* drin. Und genau deswegen seid ihr genau die, die all das auch wieder ändern können. Erinnert Euch einfach an – nennt sie wie sie wollt, wir nennen sie – die Vier Goldenen Weisheiten:

1. Richte keinen Schaden an, dann kannst du tun und lassen, was du möchtest!
2. Lebe Dein eigenes Leben und lasse andere das Ihre leben. Sie sind deine Geschwister.
3. Sag immer offen, was du denkst. Wenn es Probleme gibt, helfen Geheimnisse nicht weiter.
4. Behalte den Frieden, die Ruhe, die Liebe und die Freude an allem im Fokus.

Auch wir können uns an Zeiten erinnern, in denen wir gelebt haben wie ihr auf der Erde. Es sind keine schönen Erinnerungen. Dennoch halten wir sie aufrecht, um Menschen wie dir und denen, die du erreichen kannst, helfen zu können, da wieder raus zu kommen. Wir haben es getan, und ihr könnt es auch tun. Und ihr werdet überrascht sein, wie simpel es ist. Ich kann dir erzählen, wie ich das damals erlebt habe. Magst du es hören?" Natürlich, sagen meine Augen, von dir ist jedes Wort wie Honig für meine Seele. Erzähl mir, was immer du mir erzählen möchtest!

"Gut. Wir waren in diesen Zeiten auch überhäuft mit Täter- und Opferhandlungen. Und mit Macht und Gehorsam. Es war Normalität geworden, bis ein paar Leute, die ein wenig waren wie du, zu sprechen begannen. Sie erzählten uns, dass wir alle Schöpfer seien und fähig sind, unsere Leben selbst in die Hand zu nehmen. Das war für uns natürlich auch erstmal ein großer Schritt, vor allem im Bewusstsein. Keiner wusste, was es heißt, etwas selbst in die Hand zu nehmen, geschweige denn Schöpfer zu sein. Doch mit verändertem Bewusstsein in Richtung Ursprünglichkeit aktivierten sich auch unsere Fähigkeiten wieder, wie Telepathie zum Beispiel.

Wir erinnerten uns nach und nach an die vier goldenen Weisheiten und fingen an, wieder nach ihnen zu leben. Dadurch entwickelte jeder von uns sehr schnell seine ganz eigenen Fähigkeiten.

Durch diese Fähigkeiten war es einfacher, bewusst Gedanken in Materie zu verwandeln. Das brauchte im Übergang zu unserer neuen Zeit natürlich auch mehrere Anläufe. Doch je mehr wir lernten die Ruhe als Kraft zu nutzen, desto mehr konnten wir loslassen und unsere Hände haben wie von alleine gearbeitet.

Durch dieses Loslassen sind noch unglaublichere Dinge und Erfindungen entstanden. Tatsächlich ist es so, dass Ruhe und Loslassen Schöpfungsenergie frei fließen lassen. Alles andere erzeugt Druck und Druck ist fast immer eine Energieblockade. In der Ruhe dem Energiefeld eine gute Portion Willenskraft zu geben ist jedoch sehr hilfreich und kann die Manifestation schneller sichtbar machen. Heute sind wir, wie du bemerkt hast, wieder in unserer vollen Kraft und Ruhe und können aus dem Nichts Nahrung und Wasser manifestieren. Und vieles anderes. Genau genommen alles. Genau genommen nicht anders als ihr, nur eben bewusst und wesentlich trainierter darin, Dinge zu manifestieren, die wir auch manifestieren wollen."

„Indem ihr die vier goldenen Weisheiten einhaltet?", frage ich, um sicher zu gehen, es richtig verstanden zu haben. Antwort kommt von gegenüber dem Feuer:

„Die vier goldenen Weisheiten bewirken, dass sich jeder frei entfalten kann, und dass alle in Frieden leben können. Und manifestieren, was sie wollen. Es ist gut, wenn jeder sie kennt und sehr leicht, danach zu leben, wenn man sich einmal wieder daran gewöhnt hat.

Es gibt aber etwas Anderes, das ebenfalls sehr hilfreich dabei ist, bewusst zu manifestieren. Und zu verstehen, was Manifestation überhaupt bedeutet. Wie sie funktioniert und warum. Und warum auch dann, wenn man sie unbewusst betreibt.

Und das ist die Maschinerie dieser ganzen Erlebniswelt zu verstehen. Ihre Funktionsweise. Und ihre Bedienung. Bist du noch im Moment?"

Ja, ich bin so sehr im Hier und Jetzt gefesselt, dass ich gar nicht mehr herauskomme. Ich bin offen wie die Blüte einer Blume, die Sonne tankt. Alles in mir dürstet nach mehr. Ich habe mich selten und schon lange nicht mehr so wohl gefühlt wie in dieser Gesellschaft. Hier fühle ich mich sicher, geborgen, und möchte, dass dieser Moment noch so lange dauert wie nur möglich. Kein Interesse und kein Gedanke an Gestern oder Morgen. Hier erfahre ich am laufenden Band Dinge, von denen ich mir wünschte, man hätte sie mir schon in meinen Kindertagen mitgegeben. Dinge, nach denen ich mein ganzes Leben gesucht habe ohne zu wissen, nach was genau überhaupt. Ich nehme plötzlich Dinge wahr, die ich immer schon vor der Nase liegen hatte, sie aber schlichtweg nicht gesehen habe. Oder als etwas Anderes gedeutet. Jedenfalls nicht so gesehen, wie ich es jetzt auf einmal kann. Ich fühle Demut in mir, wahre Demut ohne Demütigung, ich fühle Freude und große Dankbarkeit. Und ein sehr hohes Maß an Liebe. Hier empfinde ich mich als aufgefangen, in Sicherheit. Und geliebt.

Doch noch bevor es ein weiterer Gedanke durch meine Hirnwindungen schafft, sitze ich plötzlich im Nichts. Nichts umgibt mich. Weißer Raum, egal, wohin ich mich drehe, der sich im Nichts verliert. Als ich wieder vor mich blicke, sehe ich meine Engel mit mir um das Feuer sitzen. Im weißen Nichts. Ich merke, dass die Farbe des Nichts sich ändert, wenn ich sie anders wahrnehme. Ebenso wie mein Gefühl sich dabei ändert. Ich kann sie dunkler werden lassen, über alle möglichen Grautöne, bis ins tiefe Schwarz, aber das fühlt sich kalt und irgendwie einschüchternd an. Ich frag mich ob auch Farben gehen, und die erste Farbe, die mir einfällt ist rot. Prompt sitzen wir am Feuer in einem roten Nichts, dann einem blauen, dann einem grünen, in das sich langsam Schattierungen binden und Formen bilden. Andere Farbtöne mischen sich dazu, und ein akustisches Rauschen wird hörbar. Ein undefinierbarer Ton, aus dem sich langsam erkennbare Melodien entwickeln, die jede für sich eine Information in sich tragen. Im Einklang mit den Farben ergeben sie nach einer kurzen Weile wieder das Bild, das ich gerade kurz vermisste: Die Umgebung von eben. Da ist sie wieder! Mit allem, was dazu gehört.

Vor meinen Augen aus dem Nichts entstanden wie auf einem Computermonitor. Wirklich, daran erinnert es mich, und ich frage mich kurz, ob ich in einer Computersimulation stecke.

„Da ist mehr dran als du denkst, aber nicht so viel von dem, *was* du denkst", sagt jetzt mein Engel zu meiner Linken. „Vergiss mal den Computer, oder stell dir einen vor, wenn du kannst, der an Leistung alles übertrifft, was du dir angesichts eurer Technologie vorstellen kannst. Ein Computer ist ein gutes Modell um ein Etwas zu veranschaulichen, mit dem jeder, der irgendetwas wahrnehmen kann, zu tun hat. Nämlich der Wahrnehmung selbst. Vom Leben selbst geschaffen wie Computer von Menschen, um bestimmte Dinge erleben zu können, und zwar so real wie nur möglich. Das Problem ist, dass man bestimmte Erlebnisse nicht erleben kann, wenn man weiß, dass sie nur Simulationen sind. Angst zum Beispiel oder blanker Horror. Terror und Tyrannei haben keine Wirkung auf jemanden, der sieht, was wirklich dahintersteckt. Im Kino stirbst du nicht fast vor Angst in einer Situation, weil du weißt, dass du im Kino sitzt und einen Film schaust, und das alles ja gar nicht echt ist. Und das ist die größte Illusion, mit der ihr auf der Erde zu tun habt:

Dass alles, was ihr an Leib und Seele erfahrt, echt und real ist. Real ist es in Form der Erfahrung, aber es ist nicht echt. Im nächsten Moment ist es schon wieder nicht mehr wahr. Ihr schaut euren Film und erlebt den blanken Horror, so real wirkt alles, täuschend echt. So gut ist die Matrix programmiert, die all diese Erlebnisse möglich macht. Alle. Jedes Erlebnis, das man sich nur vorstellen kann. Und zwar, indem man es sich vorstellt. Und das ist dann auch schon alles. Eigentlich kindereinfach, wenn man einmal davon weiß.

Man kann euch auf der Erde keine Vorwürfe machen, und ihr selbst solltet das auch nicht tun. Es bringt einfach nichts. Vorwürfe sind effektiv spaltende Werkzeuge der Unterdrücker. Sie entsprechen nicht den vier goldenen Weisheiten, und dienen dem Energieraub.

Viel dienlicher wäre, Euch mit diesen Dingen zu beschäftigen. Keiner braucht dabei irgend etwas Schweres zu verstehen. Alles, was es zu lernen gibt, könnt ihr bereits in nahezu schlafwandlerischer Sicherheit und wendet es schon Euer Leben lang Tag für Tag an. Allein wenn ihr beginnt, es zu beobachten, ändert sich alles. Leider nur dann, aber mehr ist auch überhaupt nicht nötig. Nicht einmal viel Geduld, denn in der Regel passiert es sehr schnell, dass interessierte Wesen etwas erleben, das ihr Leben verändert. Mitunter für sehr sehr lange Zeit."

Ich kann ihren Worten klar folgen, aber in meiner Wahrnehmung findet parallel noch etwas statt:

97

Das Bild, das ich sehe, *mein* Bild, liegt vor mir wie ein Bild. Oder ein Bildschirm. Jedenfalls etwas, das ich anschaue, dessen Rand genau hinter meinem Sichtfeld liegt. Mit meinem Fokus genau in der Mitte. Egal wohin ich blicke, das Bild bleibt stehen, und der Inhalt wandert mit. Wie auf einem Bildschirm. Dieser Bildschirm war mein ganzes Leben schon da, aber ich habe ihn noch nie gesehen. Doch, gesehen wohl, ich habe ja permanent hinein gestarrt. Wahrgenommen habe ich ihn aber nicht, vor allem nicht als solchen. Und jetzt kann ich ihn nicht *nicht* mehr sehen. Wie ein massiver Klotz hängt er vor mir und erinnert spöttisch an ein Brett vorm Kopf, das ich im nächsten Moment auch fühle. Egal, was ich mir vorstelle, es passiert. Rasend schnell. Und das erinnert mich an etwas. An etwas Gewohntes, Bekanntes. An... ja, genau, an Träume! Alles ist wie in einem Traum. Ich denke an etwas und erlebe es. Reagiere darauf und gebe damit vor, was es für mich ist. Ob ich es mag oder nicht, ob es mir dienlich ist oder nicht. Und ich sehe, wie es im Leben nicht anders ist. Also, in dem, was ich früher mal Realität genannt habe. Auch die ist nichts weiter als eine von vielen, aber vor allem sehr abhängig von Wahrnehmenden selbst. Sie war, ist, und wird immer sein, was wir aus ihr machen.

Wir füllen sie mit unseren eigenen Farben, unseren eigenen Tönen, nämlich den für uns interessanten und relevanten. Fügen Schatten und Formen hinzu und entsprechendes Gefühl.

In sechs Sinnen wahrnehmbare Realität, aber dennoch eine Simulation, eine Illusion. Eine geradezu perfekte. Und das ohne den geringsten Haken an der Sache.

Im Gegenteil. Es ist etwas Grandioses, und ich freue mich darauf, es besser kennen und bewusst lenken zu lernen.

"Du kannst es ja schon.", sagt mein Engel von der hölzernen Sitzbank, "Du musst nur mehr Vertrauen in dich selbst und deine Fähigkeits-Zentren haben und dann gelingt dir wahrscheinlich alles. Und ein bisschen mehr Glaube an Übernatürliches und an Grenzenlosigkeit. Am besten ist, du lässt jegliche Begrenzungen fallen, dann erscheint dir im Leben alles, was für dich bestimmt ist und alle Fähigkeiten können sich aktivieren, und die Energie kann frei fließen."

Sie macht kurz Pause. "Du bist ein Hochleistungscomputer. Du warst es immer schon. Manche Programme standen eben auf Standby. Aber, wenn du sie öffnest, dann kannst du mit ihnen ganz normal arbeiten. Und hast du sie erst geöffnet, dann wird es dir tatsächlich als vollkommen normal vorkommen."

Ich muss das alles erst einmal sacken lassen. Ich habe heute nicht wirklich ein Wort gehört, mit dem ich nichts hätte anfangen können. Alles, was ich hörte, klang plausibel und sofort nachvollziehbar. Ja, sogar umsetzbar. Warum habe ich von solch elementaren Dingen des Lebens nicht früher erfahren? Wieso scheint diese Dinge auf der Erde so gut wie niemand zu wissen? Mir fällt niemand ein, der mir je davon erzählt hätte, geschweige denn, es umgesetzt. So dass man es hätte sehen können. Müsste doch auffallen, so jemand, der solche Sachen kann und macht. Und sie vielleicht sogar lehrt. Aber in keiner Religion, keiner Wissenschaft und auch sonst nirgendwo habe ich jemals erklärt bekommen, wie die Materie eigentlich genau funktioniert. Ich habe das Ganze als großes Mysterium kennengelernt und akzeptiert, und irgendwann auch die kindliche Fragerei zum Thema sein lassen, weil niemand mir zufriedenstellende oder ansatzweise klare Antworten hätte geben können. Aber selbst wenn? Wer hätte vor 30 Jahren etwas mit einem Satz anfangen können, der ihm bedeutet, dass er ein Supercomputer ist? Wer vor 100 Jahren? Wie lange existiert die Menschheit schon auf der Erde? Kann es sein, dass ...?

„Du denkst in die richtige Richtung," kommt es nun von der anderen Seite des Lagerfeuers. „zum einen weiß von solchen Dingen auf der Erde kaum jemand etwas, weil die, die es wissen, dieses Wissen seit langem schützen, für sich behalten und es nur innerhalb der eigenen Sippe untereinander teilen. Nur dadurch ist die ganze Unterjochung auf der Erde überhaupt erst möglich geworden.

100

Zum anderen fehlten Euch aber nach und nach immer mehr irgendwelche Vergleiche, mit denen ihr es hättet erklären oder verstehen können. Dass du das mit dem Supercomputer gerade verstehen kannst, hat einen bestimmten Grund. Eure geistige Entwicklung schreitet unaufhaltsam voran, und langsam ist die Zeit gekommen, dass sich die ganze Erde wieder an die vier goldenen Weisheiten erinnert, um wieder in Frieden miteinander leben zu können. Und genauso versteht, wie das Werkzeug funktioniert, das auch da jeden Tag genutzt wird, um irgend etwas erlebbar zu machen. Ohne euch dessen bewusst zu sein, habt ihr euch in den letzten Jahrzehnten eurer Zeit immer mehr Bildschirme und computergesteuerte Gerätschaften vor Eure Nasen gezogen. Die Einen hatten Teil daran, sie zu manifestieren und erlebbar zu machen, und die anderen, indem sie so lange ihrem Interesse gefolgt sind, bis sie auch so etwas vor der Nase hatten.

Das hat einen Grund. Es gibt kein ansatzweise passables Modell auf der Erde, das die Matrix und ihre Funktionsweise so anschaulich beschreibt, wie eure Computer. Und die Welten, die sie hervorbringen. Virtuelle Welten, in denen erlebt werden kann, was will, Welten wie diese hier. Und eben jede andere Realität. Jetzt, wo ausreichend Erdlinge damit vertraut geworden sind, kann das Verständnis überhaupt erst beginnen. Und du bist einer von denen, die aus genau diesem Grund gerade genau sowas hier erleben. Tragt gemeinsam diese Gedanken in die Matrix der Erde, indem ihr mit möglichst vielen Menschen darüber sprecht und die Gedanken in ihre Köpfe kopiert. Jeder, der sich berufen fühlt, soll es euch gleichtun. Egal in welcher Realität ihr solche Erlebnisse habt, ihr werdet Euch finden. Egal, ob ihr sie in einem Traum erlebt, in der Fantasie, beim schauen eines Films oder beim Lesen eines Buches. Habt ihr danach Erinnerungen daran, dann kennt ihr es. Und nur das zählt. Sprecht darüber, und ihr werdet einander über den Weg laufen. Weil es nicht anders sein kann. Es wird allen helfen. Das wird den Code maßgeblich ändern, und damit das gesamte Leben auf der Erde. Erhebt euch aus dem Sumpf, Opfer äußerer Umstände zu sein, und fangt an, eure wirklichen Potentiale zu nutzen. Niemand wird euch stoppen können. Die angeblich Mächtigen sind auf euren Gehorsam angewiesen, um ihre Pläne durchzubekommen. Entzieht ihr diesen Gehorsam, gehen ihre Pläne den Bach runter, weil sie selbst umzusetzen, diese Leute gar nicht fähig sind. Deswegen zwingen sie euch so brutal, ihnen zu gehorchen. Aber wenn ihr euch eure Erde anseht, mit ein wenig Abstand, dann seht ihr schnell, dass das niemandem wirklich dienlich ist. Ihr betreibt Raubbau an der Natur, die euer Lebensraum ist, und damit an euch selbst. Die Mächtigen haben keinen Draht zur Natur. Sie fürchten sie. Sie wissen, wie gefährlich sie für ihre Pläne ist. Sie verachten sie, und lassen euch die Wälder dezimieren, die Ozeane vergiften und alles andere gleich mit. Dass sie damit auch ihren eigenen Lebensraum zerstören, so wie alle unter ihrem Regiment, das sehen sie nicht. Weil sie zwar um die Geheimnisse der Manifestation wissen, aber nichts über die Urkraft, die Liebe. Und auch sonst nicht wirklich die Weisesten sind. Intelligent ja, keine Frage. Aber dämlich genug, Bomben zu bauen *und* den roten Knopf zum Auslösen zu drücken. Keine andere Spezies würde so etwas tun. Irgendwas erschaffen, das die eigene Spezies so massiv bedroht und vernichten kann. Für sie sind die Kriege, in denen ihr täglich umkommt, nur ein Geschäft. Ihr seid ihnen egal. Ihnen ist alles egal, außer ihnen selbst. Sie interessieren sich nur für sich, aber auch das mit sehr beschränktem Horizont.

Doch diese Leute brauchen Euch nicht zu stören. Können sie auch nicht, sobald ihr anfangt, euch auf euch *selbst*, und *euren eigenen* Tanz zu konzentrieren. Dann hört automatisch auf, dass ihr euch permanent auf die Füße tretet. Tanzt ihr nach Belieben, und nicht wie vorgegeben, seid ihr *frei*! ... Ihr seid frei und dennoch mit euren Gleichgesinnten verbunden. Eins eben. Eins mit Allem. Eins in der Urkraft *Liebe*.".

Ja, der Engel hat absolut recht. Und wenn wir in der Liebe eins sind…

"Genau, wenn ihr *wieder* in der Liebe, in eurer Urkraft Eins seid, dann geschieht eure sehnlichst gewünschte Veränderung. Und wir konnten beobachten, dass so einige bei euch diese Kraft wiederentdeckt haben und sie auch bereits in die Materie bringen. Es gibt Menschen, die errichten bereits 'Essbare Orte' oder sogar 'Essbare Gemeinden'. Sie nehmen zum Beispiel einen öffentlichen Spielplatz und pflanzen dort Obst und Gemüse, zu dem *jeder* Zugang hat. Natürlich braucht es da auch das Bewusstsein, nur das mitzunehmen, was man wirklich braucht, aber das funktioniert tatsächlich schon. Wir können es beobachten. All diese öffentlichen essbaren Orte bringen euch sogar viele Schritte zurück, die ihr zu weit gegangen seid. Zwischen Mensch und Nahrung sollte kein Energieverlust bestehen. In der Tierwelt ist es auch nicht so. Nur ihr Menschen investiert Energie und Zeit, um zu Geld zu kommen und um damit Nahrung zu kaufen. Ihr habt dadurch ein Glaubensmuster gegründet, dass Nahrung gleich Energieaufwand ist. Nicht in Form von Anpflanzen, Pflegen und Ernten, sondern in Form von `irgendetwas tun', um dann zu ernten.

Dabei wirken Natur und Tiere im Einklang - im Eins Sein. Und ihr seid grundsätzlich auch Tiere. Viele glauben leider, sie sind was Besseres, weil sie Worte sprechen und denken können. Tiere können jedoch Telepathie, was ihr zum Großteil im Bewusstsein vergessen habt. Daran solltet ihr euch bitte wieder erinnern.".

Der Engel hat wieder Recht. Was denken wir Menschen eigentlich, was wir sind? Weil wir es so vorgelebt bekommen haben. Oh Mann! Ich klatsche mir gedanklich auf die Stirn. Zurück zur Urkraft *Liebe*! Das ist es. Und diese wunderbare Energie in die Materie bringen. Wir sind ja körperlich noch Materie, also sollten wir lernen *gut* mit ihr umzugehen, und sie wertschätzend zu nutzen. Im Bewusstsein, dass wir alle Eins sind, und somit kooperieren können und eben miteinander manifestieren und kreieren, statt als konkurrierende Einzelkämpfer. In der Schule hätte man uns das beibringen sollen, wo wir jedoch auch schon einzeln um Zahlen, also Noten, gekämpft haben. Wir waren quasi im ständigen Kampf mit oder gegen uns selbst. Wer hat sich das eigentlich ausgedacht? So ein Schwachsinn!

Doch wo ich gerade dabei bin, alles aus gesunder Distanz zu betrachten, fällt mir auf, dass mein ganzes Leben von Kampf geprägt war. Genau genommen habe ich, wie die meisten Menschen, schon als Kind gelernt, was Konkurrenz bedeutet. Und immer ging es in gewisser Weise um Anerkennung. Bemerkt zu werden. Wahrgenommen zu werden. Und ich habe Taktiken und Strategien erlernt, das zu erreichen. Wie unfair ich dabei mitunter Anderen gegenüber war! Und meine Konkurrenz bestand mitunter aus den Menschen, die mir am nächsten standen. Meine Geschwister, mit denen ich um die Aufmerksamkeit meiner Eltern buhlte, oder Freunde, gegen die ich mich in Kindergarten und Schule durchsetzen musste. Niemand will ein Niemand sein, und in der Gesellschaft, in die ich geboren wurde, musste man sich anstrengen, um ein Jemand zu sein. Und ohne Jemand zu sein, bist du in dieser Gesellschaft nicht nur ein Niemand, sondern einfach gar nichts. Tausende Dinge rauschen mir durch den Kopf, durch die man sich klein und unbedeutend fühlen kann, und ein entsprechendes Gefühl macht sich in mir breit. Wie unnatürlich ist das bitte? Ich versuche, Entsprechungen in der Welt um uns herum zu finden, doch keine Andere Spezies zeigt im Ansatz solche Tendenzen. Natürlich gibt es auch im Tierreich Hierarchien, aber anders als bei den Menschen hat hier jedes Mitglied einer Gesellschaft seinen vollen Wert. Im Notfall setzen sich die Stärksten für die Schwächsten ein. Bei den Menschen wird von den Schwächsten im Notfall erwartet, sich für die Stärksten einzusetzen. So langsam kommt mir der Mensch nicht mehr vor wie das klügste, sondern wie das deutlich dümmste Wesen der Welt vor. Völlig abgetrennt von natürlichen Normen und Verhaltensweisen. Je vermeintlich zivilisierter, desto weiter entfernt davon. Und desto mehr im Kampf verstrickt. Einem permanenten Kampf ums Überleben. Ohne es überhaupt mitzubekommen. Völlig degeneriert. So viele völlig unnatürliche Dinge sind für uns zur absoluten Normalität geworden. Darunter vor allem die Idee, irgendwie zu kurz zu kommen, vom

106

Universum vergessen zu werden oder so was in der Art. Woher kommt das nur?

„Wer nicht kämpft, der hat schon verloren" ist ein Spruch, den ich schon als Kind kannte. Und endlos oft in meinem Leben gehört und auch selbst ausgesprochen habe. Vor allem aber habe ich das auch einfach so geglaubt. Aber hier, in diesem Moment, und in dieser Gesellschaft dieser Wesen, die ich überhaupt nicht kenne, und der Energie, die uns umgibt, bröckelt dieses Dogma. Wie kommt man nur auf sowas? Wie kann man verlieren, wenn man nicht kämpft? Man *muss* kämpfen, um überhaupt verlieren zu können! Wer nicht kämpft, kann gar nicht verlieren. Und gewinnen auch nicht. Jedenfalls nicht gegen irgend jemand anderen. Wer nicht kämpft, braucht auch nicht zu gewinnen, weil er sein leben chillt und genießt. Punkt.

Hä?? Wie krass ist das alles bitte? So langsam fängt etwas in mir an, so ziemlich alles infrage zu stellen, das ich jemals zu wissen glaubte. Das ergibt doch alles überhaupt gar keinen Sinn mehr...

Ich muss nicht mehr kämpfen! Gegen nichts und niemanden. Auch nicht gegen mich selbst. Ich muss auch nichts gewinnen. Ich darf aber Schöpfer wundervoller Dinge und Momente sein! Und wenn wir mal ehrlich sind, dann ist das ein wesentlich besseres

Gefühl, als etwas zu gewinnen. Es ist, Gedanken zu realisieren, oder einfach den Moment im Hier und Jetzt zu sehen mit allen Sinnen. Wie schön sind die Natur und dieser Planet, wenn man die Details betrachtet! Den Sonnenaufgang, die Blumen, den Waldweg, die Schmetterlinge, den See, das Meer! Und, um das zu realisieren muss ich nichts tun. Ich muss es nur sehen können. Dort, wo ich bin.

Und jetzt bin ich gerade bei den Engeln am Feuer. Was für eine Schöpfung da kreiert wurde!! So leuchtend und voller Liebe. Auch das Feuer in seiner Kraft gibt mir so viel. Da kommt mir in den Sinn, dass wir Menschen die Naturkräfte wie Feuer viel zu selten bewusst wahrnehmen. Oder wie Wind, Wasser und Erde. Und Metalle oder Gesteine. All diese Wunder sind für alle zu Genüge vorhanden. Das sind die wahren Weltwunder, und das vergessen wir völlig, wenn wir prunkvolle Tempel als solche sehen. Natürlich sind auch solche Dinge schön zu betrachten, aber die Kraft, die wir brauchen, kommt von der Natur.

"Das hast du gut erkannt.", sagt ein Engel, "Eure physischen Körper beinhalten diese Naturkräfte auch. Über die Chakren können wir dir das erklären. Chakren kennst du ja. Diese Energiewirbel, beziehungsweise Energiezentren, die entlang des Körpers existieren.".

Ich nicke. "Das Element Erde ist im Wurzel-Chakra. Das Element Wasser beim Sakral-Chakra. Das Element Feuer im Solarplexus. Das Element Luft beim Herz-Chakra. Und über den Hals kann die Luft hinaus in den Kosmos. Im Herzen fühlt man auch die Seelenwünsche, die man ebenso über den Hals und Mund aussprechen kann, hinaus in den Kosmos und ins Kollektiv. Quasi in die Matrix der materiellen Erlebniswelt.

Die Chakren, die weiter oben existieren, haben mit feinstofflichen Ebenen zu tun. Wenn ein Chakra also unausgeglichen ist, dann könnt ihr die Kräfte der Natur nutzen, um es wieder ins Gleichgewicht zu bringen. Jetzt zum Beispiel reinigst und stärkst du durch das Feuer dein Solarplexus-Chakra.".

Stimmt. Es fühlt sich nicht nur äußerlich, sondern auch innerlich angenehm warm an. Wow! Gleichzeitig merke ich, wie die eben vernommenen Worte in mir nachhallen. Die Wärme in mir lässt die Lust zu Kämpfen verblassen. Im Gegenzug öffnet sich Raum für all die tollen Dinge, die ich stattdessen tun könnte. Die Zeit, die man damit verbringt, ist die Selbe, doch während ich im Kampf krampfhaft versuche zu gewinnen, und das Verlieren zu vermeiden, kann ich im Nicht-Kampf gelassen und entspannt die tollsten Dinge hervorbringen. Langsam wird mir klar, warum das so ist, wie es ist. Immer deutlicher sehe ich, warum es den Mächtigen ein so großes Anliegen ist, uns im

Kampfmodus zu halten. Teile und Herrsche mit uns zu spielen, damit wir bloß nicht zu dieser Ruhe kommen. Denn in dieser Ruhe würden wir nicht nur nicht mehr kämpfen, sondern niemanden mehr brauchen, der uns diktiert, was wir zu tun und zu lassen haben. Weil wir es dann schlicht und einfach selbst wüssten! Wie Kinder, die, wenn man sie lässt, bis zum Einschlafen durch totale Erschöpfung spielen, spielen, spielen. Und das eben, ohne, dass sie dazu irgendwelche Anleitung bräuchten. Spielen braucht keine Regeln, die brauchen nur Spiele! Woran nichts auszusetzen ist, wenn der Spieler freiwillig an einem Spiel teilnehmen darf. Wie schlimm ist es aber, und was für Auswirkungen hat es, wenn ein Spieler nicht nur keine Wahl hat, ob er ein bestimmtes Spiel spielen möchte oder nicht, sondern in ein Spiel hineingeboren wird, das alle um ihn herum spielen, und es als solches nicht einmal erkennen kann?

Im Kampf geht es immer darum, der Bessere zu sein. Im Spiel interessiert mich nicht, ob ich gut bin oder besser als jemand anderes, sondern, ob es mir Spaß macht oder nicht.

Und nach allem, was ich gerade über meine Chakren gehört habe, habe ich große Lust, mit ihnen zu spielen. Irgendwie habe ich das Gefühl, sie dadurch besser zu kennen und auch nutzen zu lernen. Weil spielen nun mal lernen ist. Weil man nicht spielen kann, ohne dabei Erfahrungen zu machen. Die kann man im Kampf zwar auch machen, aber durchaus nicht immer nutzen. Wie oft hätte ich in meinem Leben so wahnsinnig gern anders gehandelt als ich es getan habe, weil ich auf eine bestimmte Weise handeln *sollte*? Wie oft war der für mich gefühlt völlig falsche Weg der, der zum Sieg führte? Wie oft habe ich gewonnen, und mich dafür so richtig schlecht dem Verlierer gegenüber gefühlt? Wie oft habe ich dieses schlechte Gefühl weg ignoriert, damit ich damit leben konnte?

Ich schaue ins Feuer und lasse es in mir wirken. Mein Solarplexus-Chakra reinigt und stärkt es also, habe ich eben gelernt. Ich fühle in mich hinein und sehe nach, ob ich das beobachten kann. Was genau passiert in mir? Ich fühle eine Erleichterung in der Brust. Und dass mein Herz ruhiger schlägt. Ruhiger, ohne dabei weniger kraftvoll zu sein. Ein anderer Druck fällt von mir, den ich bisher überhaupt nicht bemerkt habe. Und mit seinem Verschwinden wird automatisch meine Atmung ruhiger und fließender. Nichts davon kann ich erklären, und mir fehlen die Worte, es zu beschreiben, geschweige denn zu benennen, aber ich kann es *beobachten*, und ich merke, wie allein das seine Wirkung auf mich hat! Da sind Dinge in mir, die ich noch nie zuvor beobachtet habe, und sie scheinen zu funktionieren wie eine perfekt aufeinander abgestimmte Maschinerie. Mit wie vielen Dingen man sich in seinem leben bloß beschäftigen kann, ohne sich überhaupt seiner selbst bewusst zu sein? Wie ablenkend können unbewusst gespielte Spiele sein, die wir spielen, und dabei völlig vergessen, welche Rolle darin überhaupt?! Ich sehe das Blatt mit den Himbeeren in meiner Hand, die ich schon fast vergessen hatte und gönne mir noch eine.

"Ja, ihr habt allerdings einiges vergessen auf eurem Planeten.", sagt der Engel gegenüber von mir, "Das macht aber nichts, weil ihr unbewusst vieles nutzt. Und ihr habt enorm viele Leute, die sich nach und nach wieder erinnern. Diese haben auch die Berufung, als Seele den Anderen zu helfen, sich zu erinnern. Eines Tages, und der wird in naher Zukunft sein, werdet ihr euch erinnern, was wirklich essentiell ist und dann wird sich das Außen auch komplett neu formen. So, wie ihr euch es in euren kühnsten Träumen noch nicht mal vorstellen könnt. Eure Zukunft ist geprägt von Freiheit, einem wertschätzenden Miteinander. Passion wird eure Wegweisung sein. So wie bei uns hier. Wir brauchen keine Energie zu verschwenden, um ein Dach über dem Kopf, Nahrung oder Sicherheitsbedürfnisse gedeckt zu haben. Das können wir uns in jedem Moment manifestieren. Wir lassen uns inspirieren, um spielen zu können, um aus Freude zu manifestieren.

Freiheit, wertschätzendes Miteinander, Passion. Was für eine Zukunft! Klingt zu schön, um wahr zu sein. Das ist quasi genau das Gegenteil dessen, was wir als Menschen auf der Erde bisher kennen gelernt haben. Sprichst du mit wem darüber, heißt es resigniert:

„Träum weiter!". Etwas in meiner Brust krampft zusammen. Es ist schon schwer genug, sich eine solche Welt vorzustellen. Fast unmöglich scheint, eine solche Zukunft als die Eigene anzusehen und davon überzeugt zu sein, sowas wirklich mal real erleben zu dürfen.

Mein Chakra, das Feuer... Üben! Nicht wieder abdriften. Ich schließe die Augen und lasse das Feuer in mir wirken. Sofort löst meine Brust sich wieder und meine Gedanken ändern sich. Ich weiß nicht, wo ich hier bin, aber ich bin immer noch ich, auch wenn immer noch nicht weiß, wer ich bin. Aber ich fühle, dass ich mich in einer real existierenden Welt befinde, und das nicht allein. Die vier Wesen um mich herum, für die all das Schöne, von dem wir gesprochen haben, völlig normal zu sein scheint, Gegenwart, nicht Zukunft, bestärken die Hoffnung in mir. Hoffnung darauf, dass es auch anders geht. Hoffnung darauf, dass wir als Erdlinge eine Chance darauf haben, den Mächtigen das Zepter wieder abzunehmen und die Macht und Kontrolle über uns selbst wieder selbst zu übernehmen. Jeder einzelne für sich, und niemand allein. Indem wir ignorieren, was die von uns wollen und stattdessen das tun, was wir selbst für sinnvoll und richtig ansehen. Ohne dabei darauf zu achten, wer sonst noch mitmacht. Ich sehe plötzlich, wie sehr all das wirklich ein Insider-Job ist. Wie sehr es bei alledem darauf ankommt, dass jeder einzelne für sich anfängt, diesen Ungehorsam zu praktizieren und umzusetzen. Und wie sehr immer noch der Gehorsam wirkt, wenn wir auf andere warten, die mitmachen. So lange wir auf andere warten, fängt keiner an. Anfangen müssen die, die auf die anderen warten, weil die anderen offensichtlich noch überhaupt gar nicht wissen, dass es auch anders geht. Und es auch überhaupt gar nicht wissen können, wenn sie es nicht vorgelebt bekommen. Ich sehe, wie sehr ich selbst mich bisher habe davon abhalten lassen, sonst würde ich ja hier jetzt nicht hier sitzen und diese Lektionen lernen, sondern würde sie ja schon kennen. Immer klarer werden diese Gedanken, und immer klarer wird in ihnen ein ganz bestimmter:

Mein Leben gehört *mir*, und niemand hat das Recht dazu, mich dazu zu bringen, es anders zu leben als ich es will. Durch meinen Gehorsam verschenke ich es. Wenn ich lebe, wie andere es vorgeben, dann gehört mein Leben nicht mir, sondern denen. Und genau das ist die Misere auf der Erde. Irgendwas muss uns irgendwann mal so wahnsinnig viel Angst gemacht haben, dass wir es für sinnvoll und richtig erachtet haben, nach den Vorgaben Anderer zu leben. Wie verdreht die Logik dahinter ist, kann ich aber auch in diesem Moment erst erkennen.

"Ja, genau. Es war die Angst, die euch klein gemacht hat. Im wahrsten Sinne des Wortes, denn bei Angst zieht sich die Aura, das Energiefeld eines Lebewesens zusammen. Und dann ist das Lebewesen steuerbar, weil es so schnell als möglich eine Lösung sucht.", sagt einer der Engel am Feuer, "Aber nach und nach, Generation für Generation, baut sich gerade diese Angst wieder ab und verschwindet aus eurer DNA. Das macht euch wieder größer. Zum Teil kommt ihr schon fast in eure wahre, volle, energetische Größe zurück. Und, wenn ihr voll dort angekommen seid, hört ihr auch wieder vollständig eure wundervolle innere Stimme. Die Stimme und den Ruf eurer Seele. Dann öffnen sich endlose und unbegrenzte Möglichkeiten. Möchtest du ein wenig in die Zukunft blicken?".

In die Zukunft blicken? Klar, will ich das!!! Wie sehr wünsche ich mir eine solche Welt, wie hier, auf Erden. Ohne dass ich sie aussprechen müsste, hört der Engel meine Antwort.

"Eine kleine Gruppe wird sich bilden. Die energetische Grundlage dafür entsteht Anfang Sommer 2020 im Rahmen einer Not-Wendigkeit. Etwas weltbewegendes passiert, an dem niemand auf der Erde vorbei kommt. Ihr habt viele Schutzengel an eurer Seite. Sie werden euch Ideen vermitteln, die ihr auch gut auf irdischer Ebene nutzen werdet. Je mehr ihr im Vertrauen seid, desto schneller ist die Umsetzung. Wichtig ist, dass ihr im Bewusstsein bleibt, dass ihr mehr als genug von allem habt. Ihr lebt tatsächlich auf Erden im Überfluss, ohne es zu bemerken. Tatsächlich ist es so, dass beispielsweise im Bereich Nahrung 14

Milliarden Menschen versorgt werden könnten. Täglich!! Ihr seid derzeit ungefähr 7,7 Milliarden. Warum trotzdem jeder 7. Mensch Hunger leiden muss, liegt darin begründet, dass euer Bewusstsein dermaßen manipuliert wurde und euch durch Angstszenarien Mangel in die DNA gespeichert wurde. Das ist jedoch nur Illusion. Eine riesige, völlig real wirkende, aber dennoch eine Illusion. Das ganze Universum ist ausreichend gefüllt mit Energie. Und auch ihr lebt im Überfluss auf allen Ebenen. Sobald ihr wieder in eurer wahren energetischen Größe ankommt, könnt ihr das auch im Außen wiedererkennen. Und genau das wird diese kleine Gruppe bei euch erkennen. Sie werden durch dieses Bewusstsein im Außen eine kleine Welt erschaffen, von der ihr alle geträumt hat. Diese Gruppe lässt sich auch nicht mehr durch Geld steuern. Sie werden wie eine Familie sein, ihre individuellen Fähigkeiten der Allgemeinheit beitragen und im Gegenzug bedingungslos alles erhalten, was wichtig ist.

Viele werden es als einen Traum empfinden, nur, dass es dieses mal eben kein Traum mehr sein wird. 2012, sagte die Maya-Kultur, dass sich die Welt verwandeln wird. Ein neues Zeitalter soll anbrechen. Doch die modernen Wissenschaftler, die den Code der Maya entschlüsselten, verrechneten sich um acht Jahre. Und nun ist es eben 2020 so weit. Bis Ende des Jahres entsteht ein Fundament aus Liebe, wertschätzenden Miteinanders, sowie innere und äußere Freiheit. Jeder kann sich wieder seiner Passion zuwenden. Viele werden vergessen haben, was ihre Passion ist, aber es wird Menschen geben, die diesen Menschen mit Freude helfen werden. Manches wird auch ein wenig Geduld erfordern, und Anderes wird so schnell auf einmal da sein, dass ihr es erst Momente später bemerkt, dass es ja schon da ist. Alles in Allem geht es sehr schnell. Wenn ihr einmal anfangt, lebt ihr ab dem nächsten Moment schon in der neuen Welt, und in weniger als 5 Jahren werdet ihr ein Paradies erschaffen haben, einen wahren Garten Eden. Wenn einmal ein gewisser Teil von Euch die neuen Spielregeln verstanden hat, passiert es durch euch wie von selbst. Wir haben eine ähnliche Zeit durchlebt. Ich denke wirklich gerne daran zurück."

Es formt sich ein Kloß in meinem Hals. Tränen schießen mir in die Augen. Was für schöne Worte, wie sehr geben sie wieder, wovon ich immer schon geträumt habe! Und wie groß ist der Zweifel in mir gewachsen, dass es dazu jemals kommen wird! Es nun hier von diesen Wesen zu hören, klingt wie eine Offenbarung. Alles in mir schreit danach, ihnen Glauben zu schenken. Wirklich glauben können, werde ich es aber wohl erst, wenn ich es wirklich erlebe.

„Und genau da liegt der Denkfehler", sagt jetzt mein Engel zu meiner Linken. „Ihr denkt immer, ihr könntet nur glauben, was ihr seht. In Wahrheit könnt ihr ausschließlich sehen, was ihr glaubt. Unser ganzes Leben ist ein Ausdruck unserer Denkweisen. Unsere Gedanken geben vor, was wir wie erleben. Ihr habt gelernt so zu denken. Ihr habt gelernt, zu denken, ihr könntet nur glauben, was ihr seht. Kannst du dir vorstellen, wie extrem klein und ohnmächtig euch das macht? Wie sehr Euch das die Fähigkeit nimmt, jeder einzelnen nur erdenklichen Möglichkeit Glauben zu schenken und sie dadurch real werden zu lassen? Du willst erleben, wovon wir gerade gesprochen haben? Dann glaube es mit jeder Faser deines Seins. Denn wenn du das tust, so fest davon überzeugt bist, dass es keine andere Möglichkeit gibt, dann gibt es keine andere Möglichkeit mehr. Nicht für dich, und auch nicht für die, die das Selbe tun. Ihr könnt diese neue Welt hervorbringen, ihr müsst nur *so* felsenfest davon überzeugt sein, dass kein Weg an ihr vorbeiführt. Schlagt jeden Zweifel in den Wind. Das ist etwas, was ihr durch eure Religionen zu tun gelernt habt. Lasst Euch ab hier einfach von diesen Religionen nicht weiter vorschreiben, *was* ihr glauben sollt. Dann seid ihr frei!"

Ja, genau! Wir müssen felsenfest überzeugt sein und in diesem Glaubenszustand handeln. Schritt für Schritt, der uns in den Sinn kommt. Ich weiß ja bereits, dass mir Eingaben gegeben werden, um zu verstehen, was der nächste Schritt ist und solange ich an diesem Schritt dran bin, muss ich nicht daran denken, welcher danach kommt. Intuition halt. Die kommt, wenn ich dafür bereit bin. In Form eines Gedankens, einer Eingabe, oder einer Mitteilung von Außen. Wir müssen auf Erden einiges wieder verstehen. Ich weiß aber auch, dass es sehr viele sind, die dieses Wissen bereits wieder verinnerlicht haben. Wir alle sind die Veränderung, weil unser Glaube Berge versetzt und so neue Welten erschafft. Und mir kommt noch etwas in den Sinn:

„Der Anfang einer neuen Zeit ist *jetzt*.". Weil *wir* der Anfang sind. Wir und unsere Schritte und Taten. Wir *durch* unsere Schritte und Taten! Durch verändertes Handeln geschieht Reinigung. Reinigung von Ausbeutung der Natur und einzelner Lebewesen. Und Reinigung bedeutet Frequenzerhöhung, was im weiteren Sinne Aufstieg ist. Frequentierter Aufstieg, Schwingungserhöhung.

"Ja, richtig.", sagt der Engel mir gegenüber, "Und diese Schwingungserhöhung bringt euch den Zugang in höhere Dimensionen. Mit äußerer Reinigung, entsteht auch innere Reinigung und dadurch öffnen und aktivieren sich bestimmte Zentren, womit ihr diese anderen Dimensionen wieder wahrnehmen könnt. Auch verschiedene Zeitlinien könnt ihr dann wieder wahrnehmen, und sogar hin und her springen. Manche von euch haben es auch schon erlebt, sogar bewusst in ganzen Gruppen. Seit geraumer Zeit habt ihr auf der Erde mit einem Phänomen zu tun, das ihr den *Mandela-Effekt* nennt. Dabei erinnern sich ganze Massen von

Euch an Realitäten, die in eurer Gegenwart gar nicht real sind. Benannt wurde dieses Phänomen nach Nelson Mandela. Bei seinem Tod 2013 waren unendlich viele von Euch davon überzeugt, dass dieser Mann bereits in den Achtzigern des letzten Jahrhunderts im Gefängnis gestorben sei. Es gibt viele weitere Beispiele, bei denen sich Menschen an etwas erinnern, das gegenwärtig falsch zu sein scheint. Und jetzt streiten sie wieder, mit denen, die sich nur daran erinnern können, dass immer schon alles war, wie es ist. Weil sie in ihrer niedrigen Schwingung nicht erkennen können, dass ihr dabei alle Recht habt. Auch dieser Streit ist unsinnig. Bedenke, dass völlig real ist, dass ihr Erinnerungen habt, dass aber nichts von dem, woran ihr euch erinnert, je real war. Alles davon war einfach nur eine Virtuelle Erfahrung, so wie es dieser Moment auch ist. Morgen wirst du dich an diesen Moment erinnern können, und der Moment ist auch real, aber du nimmst ihn völlig anders wahr, als jeder einzelne von uns gerade. Jede unserer Erinnerungen wird völlig real vorhanden sein, aber das, woran wir uns erinnern eben nicht. Genau so ist es beim Mandela-Effekt. Die, die sich darüber streiten, kommen tatsächlich aus verschiedenen Zeitlinien. Weil es nicht nur eine Erde gibt. Weil es gar keine Erde gibt. Es gibt lediglich den Wahrnehmungsraum, quasi die Matrix, die Erlebniswelt. Die existiert real. Alles darin *nicht*. Wenn aber eine Gruppe von Wahrnehmenden die Erde wahrnimmt, dann in der Form, wie sie es tun. So entsteht der Eindruck, die Illusion einer Erde. Nimmt nun eine andere Gruppe diese Erde auf eine andere Art und Weise wahr, dann existiert bereits eine weitere. Letztlich gibt es exakt so viele Erden, wie es Wahrnehmende einer Erde gibt. Die sich dann auch genau präsentieren, wie sie wahrgenommen werden – mal flach, mal rund, mal hohl, mal massiv. Sollte sich dein eigenes Bild der Erde bereits einmal geändert haben, kannst du es selbst sehen. Kannst du noch folgen?"

„Ja," sage ich laut, „so halbwegs zumindest. Ich sehe, was du meinst, und so wie du es erklärst, finde ich es auch völlig verständlich. Was mich aber gerade wirklich interessiert ist, wie die Menschheit auf der Erde das verstehen soll. Meine Mitmenschen sind so sehr damit beschäftigt, ihre Sichtweisen durchzuboxen und Recht zu behalten, dass ich mir nur sehr schwer vorstellen kann, dass sich diese Erkenntnisse jemals durchsetzen können und werden."

„Zum einen," kommt die Antwort, „bist du gerade schon wieder mit Anderen beschäftigt - bleib bei Dir selbst. Zum anderen: wenn du deine Mitmenschen mit einbeziehen möchtest, was verständlich ist, dann besinne dich auf die Erkenntnis von eben:

Ihr seid der *Anfang*! Ihr seid der Anfang einer völlig neuen Welt, in der diese Dinge, von denen wir heute sprechen die Basis Eurer Wahrnehmung ausmachen. Ihr werdet nicht mehr in einer Welt leben, die darauf aufbaut, was Eure Wissenschaftler als einzige Realität anerkennen, die sich dabei auch nur auf irgendwelche Theorien verlassen und dabei so tun als seien sie in Stein gemeißelte Wahrheit. Eure Welt wird auf Euren eigenen Erkenntnissen fundieren, ihr werdet etwas Handfestes als Basis eurer Wahrnehmung haben, über das zu streiten nicht im Ansatz lohnen wird. Alle werden Recht behalten, und ihr werdet euch mit Wichtigerem beschäftigen können, als Recht zu behalten. Sieh euch wie einen keimenden Samen, und gib euch die Geduld, als solcher zu wachsen und euch zu entwickeln und entfalten. Vor allem aber siehe dich als diesen Samen, und nicht mehr als Teil einer degenerierten Menschheit, die kaum noch anderes kann als sich und ihren Lebensraum zu zerstören. Du bist davon kein Teil mehr, und viele um dich herum werden es bald auch nicht mehr sein. Hab Vertrauen. In dich selbst, in deine Wahrnehmung, und *darin* in alles um dich herum."

Er liegt sowas von richtig mit seinen Worten. *Ich bin dieser Samen der Veränderung.* Ach, wie schön wäre es, wenn jeder der fast acht Milliarden Menschen auf dieser Erde diese Erkenntnis hätte! Die Welt würde morgen vollkommen anders aussehen. Und die Natur würde sich erholen und mit ihr jedes einzelne Lebewesen. Und während ich diese Gedanken habe, formen sich gezielte Bilder vor meinem geistigen Auge. Bilder, die mir zeigen wie die geheilte Erde aussieht.

Wie ein Sog zieht es mich als Bewusstsein in diese Bilder hinein, und plötzlich finde ich mich erneut völlig woanders wieder.

Ich brauche einen Moment, um mich an das neue Umfeld zu gewöhnen. Die Sonne scheint hell und warm, einen Moment bin ich geblendet. Dann werden erneut klarere Strukturen für mich sichtbar. Ich sehe vor allem erstmal grün. Bäume, überall um mich herum. Doch ich bin in keinem Wald, der mich umgibt. Ich stehe mitten in einer Stadt. Menschen umgeben mich, große und kleine, in allen Farben und bunt gekleidet. Unter meinen nackten Füßen spüre ich warmen Asphalt, und als ich hinuntersehe, erblicke ich eine Straße, die noch aus der alten Zeit stammen muss. Frisch sieht sie nicht aus. Rissig und spröde liegt sie da, aber kunterbunt bemalt. Kunterbunt, aber schön, harmonisch. Wie man darauf wohl fahren kann, frage ich mich. Ich gehe ein paar Schritte ziellos vor mich hin und stoße fast mit jemandem zusammen. Es ist mein Engel, und ich bin fast überrascht, sie hier zu sehen.

„Entschuldige," murmle ich verlegen, wie konnte mir passieren, dass ich *sie* übersehe? Vor weniger als einer halben Minute haben wir noch gesellig am Feuer nebeneinandergesessen, aber es wirkt, als sei es eine

Ewigkeit her. Und irgendwas ist komisch, etwas ist anders. Sie ist anders gekleidet, und irgendwie sieht sie jetzt auch anders aus. Ohne dass ich es mitbekommen hätte, hat sie ihre Gestalt verändert, sie sieht jetzt ganz anders aus. Genau genommen ist sie jemand völlig anderes, hat dunkle, kurze Haare und als sie spricht ist ihre Stimme ein wenig tiefer, aber sehr warm und herzlich.

„Kein Problem," sagt sie. „Kann passieren. Alles gut mit dir? Du siehst ein wenig verwirrt aus, kann ich dir irgendwie helfen?". Ihr Blick strahlt wirkliches Interesse aus, aber auch noch etwas Anderes. Sie sieht mich an, als würde sie mich das erste Mal sehen. Musternd schaut sie mich von oben bis unten an, und ich starre sie irritiert an. Das einzige, das mich an den Engel von vorhin erinnert, sind ihre Augen, aber sie schauen gerade ganz anders als ich es heute kennengelernt habe. Sie streckt mir ihre Hand entgegen. Aber nicht, wie ich es kenne, sondern eher so wie bei einem High-Five, aber auf Höhe des Herzens zwischen uns.

„Hallo, ich bin Aurelia!", stellt sie sich mir das erste Mal namentlich vor. Beziehungsweise – tut sie das wirklich? Habe ich mit der selben Person zu tun? Zögerlich lege ich meine Hand auf ihre, irgendwie erinnert es mich daran, wie Gefängnisinsassen ihre Besucher durch die Glasscheibe grüßen, und ich bin noch irritierter. Wo bin ich hier gelandet, wer ist das da, und vor allem, wer bin ich? Ich weiß es immer noch nicht.

„Hallo, Aurelia," stammle ich deswegen, „schön, dich kennenzulernen." Sagt man das nicht, wenn man sich kennenlernt und es auch schön findet? Mein Herz klopft, und in meinem Kopf fühlt es sich an, als sei er mit Watte vollgestopft. Ich habe den Eindruck, dass mein Name jetzt wohl auch auf den Tisch gehört, aber er fällt mir nicht ein.

„Ich bin, ähm... Schön, dich kennenzulernen!" Kurz schaut sie mich belustigt an, dann lacht sie laut und herzlich und erwidert mit einem Knicks:

„Hi, Ähm! Das ist ein kurzer und knackiger Name, ich mag ihn. Es ist auch schön, dich kennenzulernen, gleich doppelt, und irgendwie habe ich das Gefühl, wir laufen uns hier nicht zufällig über den Weg. Woher kommst du gerade?" Wieder dieser interessierte Blick. Weiß sie das wirklich nicht? Ich weiß nicht, was ich sagen soll, also lass ich einfach laufen:

„Also, wenn du mich fragst, haben wir eben noch zusammen an einem Lagerfeuer mit drei Leuten gesessen, und ihr habt mir die wahnsinnigsten Dinge erzählt, die ich je gehört habe. Kannst du dich daran nicht erinnern?"

Jetzt schaut sie mich erstaunt an. Nein, sie scheint sich nicht daran zu erinnern.

„Also, ich habe eben noch ein Eis gegessen, und wenn ich mir dich so anschaue, bekomme ich den Eindruck, dir würde auch eins guttun. Komm mit, wenn du magst, ich zeig dir, wo es das beste Eis der Welt gibt!", sagt sie, nimmt mich einfach an der Hand und zeiht mich hinter sich her.

Eis. Das wäre glaube ich das letzte gewesen, auf das ich gekommen wäre, wenn mich gerade jemand gefragt hätte, was ich brauche. Ein wenig desorientiert folge ich ihr, und schaue mich dabei um.

Die Stadt ist anders als jede, die ich jemals gesehen habe. Wer wohnt hier? Alles ist bunt, und so harmonisch und liebevoll in Szene gesetzt. Vor den Häusern wachsen Blumen und Sträucher, mit bunten Blüten und Früchten, die ihren Geruch in der Gegend verteilen. Kinder spielen auf der Straße, auf der mir die Autos fehlen. Aber ich sehe Fahrräder und andere Dinge, die als Fortbewegungsmittel dienen könnten. Nein, sie dienen als Fortbewegungsmittel. Dort hinten fährt eins. Oder nicht? Ich sehe keine Räder, vielmehr gleitet es dicht über dem Boden hinweg. Dann schnellt es in die Höhe und entschwindet meinem Sichtfeld. Ich komme mir vor wie in *Zurück in die Zukunft*, so in der Art muss Marty sich gefühlt haben. Marty. Marty McFly.

Wieso kann ich mich an seinen Namen erinnern, aber nicht an meinen? Was ist nur los mit mir, und was passiert hier mit mir? Ich kann es nicht erklären. Ich kann nur mit großen Augen staunend wie ein kleines Kind hinter Aurelia hinterherlaufen und hoffen, dass ich nicht gleich einfach verpuffe oder so etwas.

Zu viele Eindrücke auf einmal durchfluten mich, und ich bin dankbar, als Aurelia plötzlich vermeldet:

„Hier sind wir! Setz dich, ich bin gleich wieder da!". Sie schiebt mir einen Stuhl an einem Tisch zurecht, auf den ich mich erstmal setze, meine Augen schließe und tief durchatme. Cool bleiben. Alles ist gut. Alles ist nur in meinem Kopf, also keine Panik. Ich lerne gerade etwas, also ist logisch, dass ich mit für mich Neuem konfrontiert bin. Diese Gedanken helfen mir, wieder ein wenig ruhiger zu werden. Ich öffne die Augen und schaue mich um.

Alles sieht so unglaublich freundlich aus. Wenn man es als Wort definieren würde, würde ich es *Liebe* nennen. Liebe auf Erden… Oh Wow! Was denke ich gerade? *Liebe auf Erden*. Das klingt doch wie Frieden auf Erden. Bin ich vielleicht wirklich in die Zukunft gereist? In eine Zukunft, wo Friede oder Liebe oder wie auch immer auf Erden herrscht? Puh, ich muss mich sammeln.

Im gleichen Moment kommt Aurelia um die Ecke. Mit einem Eis, das von innen heraus leuchtet. Es sieht sogar so aus, als würde es glitzern. Ich wische mir über die Augen und öffne sie erneut. Das Eis leuchtet noch immer. Wenn ich Aurelia so ansehe, dann leuchtet sie auch irgendwie. Aber warum kann sie sich bloß nicht ans Lagerfeuer vorhin erinnern? Und wie verdammt nochmal heiße ich? Bin ich in ein Leben gebeamt, das ein anderes ist, als das vom Lagerfeuer? Heiße ich nun anders? „Ähm" ist auf jeden Fall nicht mein Name... hoffe ich. Wie sehe ich denn überhaupt aus? Ich glaube ich möchte mal einen Blick in den Spiegel werfen.

„Was hast du erwartet?" fragt mich Aurelia neugierig, als sie die beiden Eisschalen vor uns auf den Tisch stellt und sich mir gegenübersetzt. „Du guckst, als hättest du einen Geist gesehen. Was stimmt für dich nicht?"

„Das Eis leuchtet!", sage ich einfach, weil ich denke, dass es wohl das ist, was es zum besten Eis der Welt macht. Schmeckt lecker und leuchtet. Yippie! Doch Aurelia schaut mich verwundert an, als würde sie den Sinn der Aussage nicht verstehen. Sie stellt den Kopf schief und fragt:

„Was soll es denn sonst tun? Eis ist gefrorenes Wasser, und Wasser leuchtet. Was ist daran so besonders?" – „Moment, soll das bedeuten, dass du

Wasser nur leuchtend kennst? Ich schwöre dir, ich habe Wasser noch nie aus sich selbst heraus leuchten sehen!", antworte ich verwirrt. Ich weiß gerade wirklich nicht, ob sie mich auf den Arm nimmt, und wirklich überzeugend schauspielt, oder ob in ihrer Welt Wasser tatsächlich eine trink- oder essbare Lichtquelle ist. Was für eine verrückte Idee!

Sie mustert mich interessiert. Ihre Augen strahlen für mich das selbe aus wie die meinen. Verwirrung. Irritation. Die Frage: „Ist das jetzt dein Ernst?" Sie fühlt sich gerade genau so wie ich, und darin fühle ich mich plötzlich wieder voll und ganz mit ihr verbunden. Obwohl die Situation gerade mehr oder weniger das Gegenteil ausdrückt.

„Wie sieht bitte Wasser aus, das nicht leuchtet?", fragt sie mich sichtlich verwundert. „Und wie kommst du nur auf so einen Blödsinn?"

„Na, so wie Glas halt. Transparent und durchsichtig, nur eben flüssig. Und wenn es friert, dann wird es milchig, und wenn es verdampft wie weißer Dunst. Wenn es regnet, sieht es aus wie Bindfäden und im Fluss wie eine Naturgewalt. Und wenn es dunkel ist, siehst du es gar nicht und bekommst nasse Füße, wenn du rein trittst. Wasser eben, so wie Wasser aussieht. Aber kein Wasser, das ich je gesehen habe, hat je geleuchtet, außer man hat ihm Zusätze beigemischt, damit es so aussieht."

Sie lauscht staunend meinen Worten, und kommt am Ende wohl zu dem Schluss, dass ich die durchaus nicht auf den Arm nehme, sondern wirklich Bilder von etwas für sie bisher Unvorstellbarem im Kopf habe. Unvorstellbar, weil sie nie darüber nachgedacht hat, dass es nicht leuchtendes Wasser geben könnte, geschweige denn, wie das wohl aussähe. Sie braucht einen Moment, um sich zu sammeln und fragt mich dann:

„Ähm, sag mal... ich mein das jetzt überhaupt nicht böse, aber darf ich dich Fragen, von welchem Server du kommst?"

Fassungslos starre ich sie an. „Von welchem ... *Server*?", frage ich und frage mich zeitgleich innerlich, von welchem Planeten sie wohl kommt. In was für einer Welt leben die hier?

„Na, der Server, der deine Welt hostet. Dein Biom, dein Planet, dein Mond, dein Lebensraum, dein Zuhause, nenne es wie du willst. Halt das, was es für dich ist. Ich frage anders: Wo spielst du dein Leben, wo kommst du her? In welcher Welt gibt es nicht leuchtendes Wasser? Das würde ich gern mal sehen!"

Hat sie mich gerade allen Ernstes gefragt, von welchem Planeten *ich* komme? Von was für einem Planeten komm ich denn bitte, wenn auf ihm Wasser nicht leuchtet, und weiß nicht was ich sagen soll. Da meldet sich mein Bauchgefühl, und intuitiv sage ich:

„Von der Erde. Kleiner runder Ball, der um eine Sonne kreist, für die uns kein schönerer Name eingefallen ist, als eben Sonne - das ist so einfallsreich, wie einen Hund ‚Hund' zu nennen. Kein besonders angenehmer Fleck. Die Menschen bekriegen sich und machen einfach alles kaputt. Und das nicht einmal, weil sie es wirklich so wollen, sondern weil sie sich von anderen sagen lassen, was sie tun sollen. Diese Welt ist so schön, aber die Wenigsten wissen sie zu schätzen. Man möchte weinen, wenn man es sieht. Und trotzdem geben wir die Hoffnung nicht auf, dass die Zeiten sich ändern können und es in der Zukunft vielleicht einen Grund gibt, weiter zu leben. Schon mal von gehört?"

Irgendwie respektvoll schaut sie mich an.

„Du lebst auf der Erde, die Luzifer programmiert hat. Quasi *Eden* in der Höllen-Version. Luzifer ist ein begnadeter Programmierer von Horrorspielen, aber die sind wirklich starker Tobak. Du spielst anscheinend „Hölle auf Erden" von ihm. Einer von vielen Ablegern von *Eden*, aber der einzige perverse, in dem es nicht darum geht, im Einklang mit Eden zu leben, sondern

131

Eden auszubeuten. Und weil Erde Dreck ist, hat er den Namen auch noch misshandelt. Kann man von halten, was man möchte. Hoher Lerneffekt, aber wenig Spaß. Und du zockst das gerade durch? Respekt, der Server ist aus guten Gründen so dünn besiedelt. Wie viele seid ihr da, niedliche sieben oder acht Milliarden, bestenfalls zehn. Um das zu spielen, muss man eine von zwei Eigenschaften besitzen: Entweder man ist völlig durchgeknallt, oder aber genial. Und in der Lage, am Ende durch die Hölle zu gehen, und sich dann gereinigt wie neugeboren zu fühlen. Die Geduld haben nicht viele."

„Du sprichst, als wären wir in einem Computerspiel.", sage ich nachdenklich. Verstehe ich sie richtig?

„Das klingt nur so, weil Computerspiele existieren, um in Spiel-Clans, oder Gesellschaften, zum Einsatz zu kommen, die sich selbst und alles um sich herum vergessen haben. Wenn du so etwas aus der Praxis kennst, dann bist du wahrscheinlich ein Teil eines solchen Clans. Darauf lässt auch deine Beschreibung deiner Welt schließen. Nein, wir sind nicht in einem Computerspiel. Computerspiele erinnern an die wirkliche Welt. Die virtuelle Welt, wie es bei dem Computerkrempel heißt. Das klingt für uns irgendwie abgefahren, überhaupt darüber zu reden. Für uns ist logisch und allgegenwärtig, dass die Welt, die wir erleben, physisch nicht existiert, sondern simuliert ist. Wir können uns nur schwer vorstellen, wie es ist, sich gefangen zu fühlen, eingeengt und klein und als Opfer der Materie, die man um sich herum projiziert. Es klingt ein wenig lächerlich für uns, weil... na, wo ist denn da der Sinn? Ich kann doch nicht Angst vor meiner eigenen Kreation bekommen. Entschuldige, ich bin vielleicht ein wenig abgeschweift."

So fremd und doch vertraut sie mir bis gerade erschien, in ihrem letzten Satz erkenne ich sie voll wieder. Mein Engel von der Holzbank im Wasweißichwo. Sie spielt hier irgendwie eine andere Rolle, aber ich erkenne irgendwie ihr Wesen wieder. Ich fühle sie tief in mir und mich in der Simulation mit ihr verbunden.

„Kein Problem!", sage ich, „Ich konnte dir sogar folgen. Auch wenn ich mir das, wovon du da redest, nur schwer und bruchstückhaft vorstellen kann. Aber es ergibt Sinn, und ich würde gern mehr darüber wissen. Und wenn Dir mal danach ist, zu fühlen, wie es ist, die Beherrschung zu verlieren, und der Herrschaft anderer unterworfen zu sein, dann spiel einfach mal „Hölle auf Erden" von Luzifer!"

Sie lacht herzlich, versichert mir, darüber nachzudenken und lädt mich ein, endlich dieses tolle leuchtende Eis zu probieren, bevor es völlig geschmolzen ist. Das Eis. Ich habe es in den letzten Minuten vermehrt angestarrt, aber irgendwie hatte ich es völlig vergessen. Plötzlich genießt es meine völlige Aufmerksamkeit, ich nehme den Löffel und probiere. Es schmeckt fantastisch, und obwohl es aus Wasser zu sein scheint, ist es cremig und... naja, leuchtet halt. Den Geschmack kann ich nicht einordnen. Schmeckt irgendwie süßlich-fruchtig, aber frisch und dezent. *Gefällig* könnte man es nennen, wie will man das *nicht* mögen? Genüsslich schaufle ich noch ein paar Löffel in mich hinein, und lasse das Eis auf der Zunge zergehen. Herrlich. Vergnügt schaut Aurelia mich an und sagt:

"Lecker, oder?". Ich nicke und merke wie mich etwas warmes, kribbelndes, und kraftvolles durchströmt. Es geht in alle meine Zellen. Ich habe das Gefühl, jede meiner Zellen beginnt, schneller zu vibrieren. Ich sehe Aurelia verwirrt an und sie lächelt nur herzlich. Das Lächeln kenn ich noch von der hölzernen Sitzbank. Ich liebe es!

Plötzlich merk ich, wie in meiner Stirn und auf meinem Scheitel dieses Kribbeln ebenso beginnt. Ich muss meine Augen schließen, weil es so stark ist. Einige Sekunden vergehen. Dann öffne ich sie wieder und bin erstaunt über das, was ich nun sehe. Ich war schon fasziniert von dem leuchtenden Wasser, aber jetzt merke ich, dass alles irgendwie leuchtet. Alles ist Licht. Wow! Ich komme aus dem Staunen nicht mehr heraus und Aurelia lächelt einfach. Womöglich weiß sie, was mit mir gerade geschieht. Sie weiß ja jetzt auch, dass ich von der Erde komme. Moment mal!... Wenn ich nicht auf der Erde bin, wo bin ich denn gerade?

Ich stelle ihr die Frage laut, und es wundert mich fast, nicht umgehend eine Antwort auf eine Frage zu bekommen, die mir gerade durch den Kopf ging.

„Na, auf Eden natürlich!" sagt sie nach kurzem Zögern. „Erinnerst du Dich denn an gar nichts mehr?" Die Frage irritiert mich erneut.

„An was genau soll ich mich denn erinnern?", frage ich leicht beschämt, weil ich das Gefühl habe, irgendetwas falsch gemacht zu haben."

„Na, an das, was wirklich ist,", sagt sie langsam, und schaut mir dabei in die Augen. „Die Welt des Erlebens, unendliche Welten des Erlebens, alle miteinander verbunden und alle erlebbar. Wisst ihr auf der Erde überhaupt nichts mehr davon? Irgendwie klingst du, als glaubst du, du wärst auf der Erde, und könntest nur da sein. Was halt Blödsinn ist, weil du immer exakt da bist, wo du glaubst, zu sein. In deiner Wahrnehmung kannst du nirgendwo anders sein. Wir sind hier auch nicht wirklich auf Eden, weil Eden genauso wenig real existiert, wie die Erde. Wir sind Bewusstsein, und befinden uns am zentralen Aufnahmepunkt unserer Wahrnehmung, in unserer eigenen Wahrnehmungskugel, jenseits von Raum und Zeit, und können darin erleben, was wir nur wollen. Du denkst einen Ort um dich herum und bist mittendrin. Je fester du daran glaubst, und davon überzeugt bist, desto intensiver nimmst du diesen Ort wahr. Könnt ihr das wenigstens in euren Träumen noch?"

„Also," sage ich verlegen, „genau genommen habe ich das eben erst so gemacht und bin auf diese Weise hierhergekommen. Aber ich gebe zu, dass diese Art des Reisens für mich eher neu ist. Ja, in Träumen machen wir das auch so. Aber auf der Erde gelten irgendwie andere Gesetze. Da glauben wir, auf einem festen Klumpen Materie leben, der um eine unbedeutende Sonne in einem unbedeutenden Sonnensystem in einer unbedeutenden Galaxie kreist, und fühlen uns da ehrlich gesagt ziemlich ausgeliefert. Irgendwie haben wir den Bezug zu allem verloren, und dadurch auch von uns selbst. Wir fühlen uns auf uns allein gestellt, und statt Hand in Hand zu leben, leben wir gegeneinander und hauen uns die Köpfe darüber ein, wessen Sichtweise auf etwas die einzig Wahre ist. Nein, davon, bewusst in andere Welten zu reisen, indem man sich einfach hineindenkt wissen wir nichts. Wobei mir da gerade was einfällt. Es gibt Leute auf der Erde, die man „Autisten" nennt. Diese Menschen weigern sich, die ihnen auferlegte Realität zu akzeptieren. Sie sind einfach nicht kompatibel. Und sie können das sehr gut. Sie beamen sich einfach weg. Und sind mit ihrem

Bewusstsein woanders. Aber man kann ihren Körper dann noch vor sich sitzen sehen."

„Ja, das ist relativ logisch, wenn ihr in Euren Körpern gefangen seid. Euch mit den Spielfiguren identifiziert, mit denen ihr spielt. Denkt, ihr kommt da nicht heraus. Dann seht ihr den Körper von jemandem, der auf Reisen ist aber nur deswegen, weil *ihr* ihn vor euch hin projiziert. Weil er eurer Meinung da hingehört. Weil es für Euch selbst erschreckend wäre, wenn der Körper sich plötzlich in Luft auflöst. So etwas kann durchaus verstörend wirken, wenn man das nicht gewohnt ist. Glaube mir, der andere Mensch ist gerade woanders, auch wenn du glaubst, er sitze gerade vor dir. Das tut er genau so wenig, wie ich gerade vor dir sitze."

„Du sitzt nicht vor mir?" Ich schaue sie nachdenklich an. „Natürlich nicht, mein Avatar sitzt vor dir, aber wir sind ja nicht unsere Avatare. Das sind eben nur die Spielfiguren. Nein, ich sitze nicht vor dir. Ich befinde mich in egal welcher Haltung, weil körperlos, im Hier und Jetzt, und ein anderer Ort existiert nicht. An diesem Ort befindest auch du dich, weil du das selbe bist wie ich. Wir sind alle das selbe. Wir sind eins. Wir sind das Leben. Die Liebe. Die Wahrnehmung. Wir sind Schöpfer aller nur erdenklichen Realitäten und Welten. Ich bin in allem und alles ist in mir. Es gibt keinen Unterschied zwischen irgend etwas und etwas Anderem. Weil alles, was existiert, Teil des Einen ist, aus dem alles entsteht, seine eigene Form durchläuft, so wie du, und danach wieder in es zurückfällt. Du kannst dich an nichts erinnern? Was macht ihr denn nur da auf der Erde? Ich weiß, dass Luzifer geniale Spiele schreibt, aber euch vergessen zu lassen wer ihr seid und woher ihr kommt, das ist schon ziemlich krank. Ich möchte mir gar nicht vorstellen, wie das ist, so abgetrennt von allem zu sein."

„Oh, das kann ich dafür umso besser," antworte ich schnell, „das lernst du auf der Erde ziemlich zügig. Es funktioniert über blinden Gehorsam. Die meisten Menschen machen, was immer sie tun, weil man ihnen gesagt hat, es zu tun. Hinterfragen ist keine so gute Idee, weil man dann immer Ärger bekommt. Also lässt man es. Warum tun wir das? Weil wir abhängig von einem Zeug namens Geld sind. Das Geld selbst ist gar nicht mal das Problem. Das Problem ist, dass du ohne Geld nichts kaufen kannst, also für dich verfügbar machen. Und da man alles, was man so braucht nur bekommen kann, indem man es kauft, und dazu eben Geld braucht, tun wir alle, was immer man uns sagt, damit wir in regelmäßigen Abständen welches bekommen, um es ausgeben zu können. Wir arbeiten quasi nicht, um zu leben, sondern leben, um zu arbeiten, und das dann nicht einmal für uns selbst, sondern für große Fabriken und Konzerne, deren Bosse, die eigentlich am wenigsten arbeiten, im Geld fast ertrinken, während die Arbeiter, die hart schuften, mit Mindestlöhnen abgespeist werden. Ehrliche, dumme

Arbeiter, die alles mit sich machen lassen. Und tun, was man ihnen sagt. Und wenn du das nicht tust, dann verlierst du deine Arbeit. Jemand Anderes übernimmt deinen Job sicher, ohne zu zicken. Also herrscht überall Konkurrenz. Jeder ist jedem potentiell gefährlich, und wenn es hart auf hart kommt, denken auch deine besten Freunde zuerst an sich selbst. Letztlich kann sich jeder nur auf sich selbst verlassen. Die Gefahr ist groß, dass man enttäuscht wird, wenn man es nicht tut und anderen vertraut. Und am Ende so sehr auf sich selbst zurück geworfen zu sein, und den Anschluss zu allem anderen zu verlieren, das kann einem ein extremes Gefühl davon vermitteln, wie es ist, von allem abgetrennt und verloren gegangen zu sein."

„Faszinierend!", sagt sie. „Ich kann nachvollziehen, was du sagst, aber mir das Gefühl vorstellen kann ich nicht. Ich kenne es einfach nicht. Kannst du es näher beschreiben?"

„Naja," überlege ich und suche nach passenden Worten. „Du fühlst dich klein und unvollkommen. Leer. Unbedeutend. Minderwertig. Wertlos. Unmotiviert. Lustlos. Traurig. Wütend. Empört. Verzweifelt. Willst wer sein und wirst zielstrebig. Verfolgst dabei aber nicht deine eigenen Ziele, sondern die derer, die dich ernähren können. Gehst arbeiten und bist brav, um ein angesehener und akzeptierter Teil deiner Gesellschaft zu sein. Hast permanent Angst, aus dieser Gesellschaft ausgestoßen und ausgeschlossen zu werden. Und schon geht der ganze Spuk wieder von vorn los. Es ist ein Teufelskreis. Da raus kommst du nur, wenn du dir wirklich völlig egal sein lässt, was andere von dir halten und deinen ganz eigenen Weg gehst. Aber den gehst du dann oft allein. Und davor haben alle die meiste Angst. Allein zu sein. Also klammern sie sich im Wahn aneinander, machen sich voneinander abhängig, und singen Lieder von Freiheit, weil sie gut klingen. Und Hoffnung machen, dass alles irgendwann vielleicht mal besser ist. Aber es kann sich nichts ändern, wenn wir uns nicht ändern. Jeder von uns muss den Mut finden, seinen eigenen Weg zu gehen, aber dazu sind die meisten noch bei Weitem nicht verzweifelt genug. Das System, das sie frisst, ernährt sie, und sie kommen einfach nicht auf die Idee, dass ihr Garten das auch könnte. Und zwar ohne die geringsten Gegenleistungen dafür zu erwarten. Klar braucht ein Garten Pflege, aber dafür beschert er uns *reichlich*, und nicht nach Mindestlohn. Aber für diese Gartenpflege haben sie keine Zeit, weil sie ja arbeiten gehen müssen. Zeit, mal klar zu denken, bleibt da auch nicht mehr viel.

Komisch, ich komme mir gerade vor, als würde ich dir einen Bären aufbinden, so widersinnig kommt mir das alles vor. Wenn man sich das anschaut, weiß man wirklich nicht, ob man lachen oder weinen soll. Aber wenn man mittendrin steckt, dann ist es definitiv nicht lustig. Lustig. Lustiges Wort. Wenn man bedenkt, dass die Menschen auf der Erde belustigt werden. Nicht einmal das können sie noch. Gelacht werden darf nur über das, was gesellschaftlich auch als lustig akzeptiert wird. Aufgrund eines falschen Witzes in der falschen Runde kann man leicht schon mal gelyncht bis aufgespießt werden. Und das ist kein Witz. Solche Dinge sind auf der Erde alle schon passiert. Und nicht selten."

"Oh, Mann!", sagt sie mit seufzender Stimme, "Luzifer hat sich ja alle Mühe gemacht und sich ausgetobt. Und das zum Leid vieler Wesen. Zum Leid vieler Teile des Einen - der Einheit. Ich hoffe die erinnern sich in einem Moment selbst wieder daran, was sie ursprünglich waren, und was die Einheit war, ohne diese Fehlprogrammierungen. Vollkommenes Licht in Harmonie und Ausgeglichenheit.".

Ich denke kurz nach und habe sogar eine Antwort auf ihre hoffnungsvolle Aussage: "Ja, tatsächlich erinnern die Menschen sich gerade nach Jahrtausend langer Qual an ihre Ursprünglichkeit, an ihre Göttlichkeit zurück. Schon Ende des 20. Jahrhunderts begann diese Aufwachphase. 2012 wurden es schlagartig viele mehr, denen dieser Lichtfunke aufging. 2015 konnten wir viele gegen Luzifers Spiel rebellieren sehen und heute geschieht tatsächlich auch noch viel mehr. Die einen wachen auf und rebellieren und andere kommen langsam ins Beenden des Spiels von Luzifer und spielen ihr eigenes. Das sind aber noch wenige, weil die meisten ängstlich oder planlos sind. Und dann ist es halt bequem, in einem Spiel zu bleiben, dessen Regeln man kennt. Dabei ist es so einfach... Sie müssten alle nur in den eigenen Garten gehen statt den halben Tag im Spiel zu verweilen. Sie könnten sich auch einfach zusammentun und gemeinsam ein neues Spiel starten. Das sehe ich zumindest manchmal in Visionen."

"Wow!", sagt sie, "Dafür, dass du von der Erde kommst, hast du wirklich *gute* Gedanken und Visionen. Luzifer programmiert gerne einen riesigen, dichten Nebel ein. Der hat bei dir wohl keine Wirkung mehr. Das find ich jetzt interessant...". Sie starrt nachdenklich auf die Straße. "Luzifer hat da wohl einen Fehler gemacht in seinem Spiel. Wahrscheinlich ein Fehler in der Matrix, und durch diesen Fehler wirkt der Nebel nicht mehr bei allen, und daher diese Aufwachphase. Interessant!"

„Warum ist das für dich von Belang?", frage ich sie. Was interessiert ein hübsches Mädel von einem anderen Planeten, dass auf der Erde ein Sack Reis umfällt? Oder die Menschheit aufwacht?

„Na, weil das Spiel dann da bald zu Ende ist.", sagt Aurelia, „Und der Spielraum endlich wieder frei wird, um Eden zu spielen. Immerhin soll die Erde wunderschön sein. Jetzt stell Dir vor, wie sie aussieht, wenn man sie nicht erwürgt. Luzifer hat nicht nur ein

Händchen für Geisteskrankes, sondern auch einen ausgeprägten Sinn für landschaftliche Schönheit. Ich würde sie wirklich sehr gern mal sehen. Ganz einfach."

„Ja," sage ich ehrfürchtig und meine, was ich sage, „sie ist wirklich wunderschön! Und wenn ich mir jetzt vorstelle, wie sie aussehen könnte, wenn wir sie unter Einhaltung der vier goldenen Weisheiten beleben, dann muss ich fast weinen. Gemessen daran sieht die Erde, so wie ich sie kenne, tatsächlich aus, wie eine Müllhalde. Der man bei aller Verunstaltung ihrer Oberfläche ihre Schönheit nicht nehmen kann. Es ist schade, wie viele Menschen keine andere Wahl kennen, als sich an ihrer Zerstörung zu beteiligen. Das ist, was wir wirklich ändern müssen. Die Menschen müssen eine andere Wahl kennen lernen. Und ich bin sicher, dass die meisten sich entscheiden, aufzuhören, alles um sich herum kaputtzumachen, wenn sie kein Geld mehr dafür bekommen."

„Auch eine Perspektive," meint Aurelia. „Aber fühlt sich nach sehr viel Druck an. Wieso siehst du es als Pflicht, also ein Muss, statt als Möglichkeit, als etwas, was ihr *dürft*? Fühlt sich das nicht viel leichter an?"

„Was meinst du?" frage ich, und kann nicht ganz folgen.

„Na, generell ist das einfach die Sichtweise mit dem leichteren Gefühl durch das du definitiv mehr Energie bekommst. Aber speziell auf Euren Fall auf der Erde bezogen: Ihr *dürft* eine Wahl finden. Zum einen impliziert das, dass es eine Wahl *gibt*, die man finden *kann*, zum anderen vermittelt es nicht, dass man versagen kann. Etwas zu müssen, macht genau das Gegenteil. Also, meine... mach was du möchtest, wie du möchtest, aber meins wäre das nicht."

Ich höre ihre Worte und erkenne auch ihren Sinn, aber ich schaue sie an wie ein Auto. Was mich gerade wirklich umhaut, ist die Art und Weise, wie sie das sagt. Für sie erscheint meine Denke wirklich nicht sinnvoll. Und ich erkenne, dass sie das auch überhaupt nicht ist! Da habe ich noch nie drüber nachgedacht! Wieso habe ich da noch nie drüber nachgedacht? Wieso hat man mir nicht als Kind schon gesagt, dass ich da bitte drüber nachdenken soll, noch bevor man mir Lesen und Schreiben und die Grundrechenarten gezeigt hat? Ich bin mir sehr sicher, dass ich diese Information in meinem Leben weitaus öfter hätte gebrauchen können. Und auch, dass ich die Logik dahinter auch als Kind schon verstanden hätte.

Doch die Antworten auf meine Fragen sind in sich nicht wenig deutlich: Natürlich ist alles verboten, nichts ist erlaubt, dürfen tut man in Ausnahmefällen, aber meist tut man, was man soll. Warum? Na, weil man uns sonst nicht kontrollieren und sagen könnte, was wir zu tun und zu lassen haben. Wir wären *frei*. Wir *dürften*. Alles. Und das würde dann auch noch allen helfen. Was für ein Wahnsinn. Wie hat man uns nur dazu bekommen, das mitzuspielen? Ach ja... genau. Mit Waffengewalt und intriganten und verlogenen Spielchen. Rücksichtslos und radikal konsequent. Genau so rücksichtslos und radikal konsequent dürfen wir uns die Erlaubnis, frei zu leben, einfach zurückholen. Dazu brauchen wir nicht mal irgendwo hinzugehen. Wir können in diesem Moment, egal wo wir sind, einfach den Autoritäten in unserem Leben ihre Hoheit wieder entziehen und in Eigenverantwortung treten. Und die Entscheidungen für unsere Konsequenzen *selbst* treffen. Und eben... leben!

„Na, was kapiert?" fragt mich Aurelia lachend. „Siehst schon wieder aus, als hättest du einen Geist gesehen."

„Ja, so könnte man es nennen. Einen Geist gesehen und den Grusel dahinter als Konsequenz meiner eigenen Sichtweise erkannt. Der wird mich nie wieder erschrecken können." Als ich diese Worte spreche, merke ich, dass sich in meinem Empfinden etwas tut. Ich habe das Gefühl, einen großen Brocken Angst verloren zu haben. Der so entstandene Freiraum füllt sich augenblicklich mit Entschlossenheit und ich merke, wie mein Rücken sich ein wenig nach oben biegt. Automatisch kann ich freier und besser atmen und nehme ein paar kräftige Atemzüge. Wie toll es sich anfühlt. Ich lebe. Ich darf. Ich fühle mich frei und voller

Tatendrang. Wofür war ich nochmal in diese Realität gereist?

„Ich wollte mir ansehen, wie die Erde aussehen könnte," sage ich laut, „wenn wir sie natürlich beleben, so wie alle anderen. Genau. Was also mache ich hier, leuchtendes Eis schlürfend und aus dem Staunen nicht mehr herauskommen, ohne überhaupt schon etwas gesehen zu haben? Auf einem Server namens Eden?"

„Das ist eine gute Frage. Warum hast du das nicht gleich gesagt? Du brauchst also eine Führung. Und nicht der Server heißt Eden, sondern das Spiel, das wir hier spielen. Der Server heißt einfach Ubuntu."

„Willst du mich verarschen? So wie das Betriebssystem?", frage ich sie mit großen Augen. Sie schaut mit nicht minder großen Augen zurück und sagt:

„Quatsch! Was für ein Betriebssystem? Ubuntu. Ich bin, weil wir sind. Wir sind, weil ich bin. Ubuntu halt. Noch nie von gehört?"

„Doch. Klar. Gibt es Bücher drüber und Leute, die es leben wollen, aber das geht auf der Erde nicht so einfach.", antworte ich betreten.

„Ja, das kann ich mir vorstellen, wenn alle gegeneinander leben. Das ist ja quasi das genau Gegenteil. Aber ich bin mir sicher, ihr schafft das. Wenn

146

du von Ubuntu schon gehört hast, dann ist es auch schon in Eurer Matrix verankert, also als Option bereits wählbar. Ihr dürft einfach danach leben, ohne Schlimmes befürchten zu müssen. Und je mehr von Euch anfangen, das zu tun, desto noch mehr werden folgen, bis es alle machen. Aber alles zu seiner Zeit. Für jetzt: Lust auf ein wenig Sight-Seeing auf Ubuntu?"

Na klar, kann losgehen! Sie entschuldigt sich und verschwindet mit den Eisschalen, um kurz darauf wieder vor mir zu stehen. Mit beiden Händen zieht sie mich vom Stuhl hoch und nimmt mich bei der Hand. Wieder habe ich dieses unbeschreibliche Gefühl von... Keine Ahnung. Ihre Nähe tut einfach unglaublich gut. Ihre Unbedarftheit, ihre Art zu reden und Dinge zu sagen. Ihre Blicke und ihr Lachen. Ich genieße es einfach. Wir gehen ein Stück diese bunte Straße hinunter, grüßen im Vorbeigehen ein paar Leute, die alle freundlich und entspannt aussehen.

Und plötzlich sehe ich in meiner bewussten Wahrnehmung wieder dieses Leuchten. Dieses Leuchten von allem. Die Dinge werden nicht mit einer Lampe von Außen beleuchtet, sie leuchten irgendwie von Innen heraus. Hell, wie Kristalle, glitzernd. Ich kenne dieses Leuchten auch von irgendwo her. Es ist mir nicht unbekannt. Es fühlt sich auch vertraut an. Ich merke, wie wieder dieses Kribbeln durch meinen ganzen Körper geht und wie es in meiner Stirn zur

147

Entfaltung kommt. Ich muss kurz wieder die Augen schließen. Aurelia bemerkt es zwar, aber reagiert ganz neutral. Anscheinend kennt sie diesen Zustand. Ich öffne die Augen und da leuchten die Dinge nicht nur hell von Innen heraus, sondern das ganze hat auch noch Farbe und Form. Ok, Form ist falsch gedeutet, es ist eher wolkig, aber auch nicht wirklich Wolken, das wäre viel zu materiell. Ach ich wünschte, alle auf Erden könnten gerade sehen, was ich sehe. Ich dreh mich zu Aurelia und frage sie: "Warum verändert sich meine visuelle Wahrnehmung? Seht ihr alle hier auf Eden... Äh Ubuntu so? Können das die Erdlinge auch?". Sie lächelt wieder. Dieses süße Lächeln, das mich an die hölzerne Bank erinnert. Ach war das schön dort! Hier ist es aber auch schön! Ich glaube egal, wo man mit diesem Engel ist, überall ist es schön mit dieser Präsenz an Liebe und Licht.

Sie antwortet mir: "Ja wir haben alle diese visuelle Wahrnehmung hier. Zwar auch unterschiedlich, weil ja niemand die selben Augen, Chakren und Gehirne hat. Aber das Leuchten ist immer da. Und auch das Wolkige und die Farben. Bei euch auf der Erde sprechen sie bereits wieder von Orbs und Aura. Einige haben durch das Loch im Nebel von Luzifer ihre oberen Chakren aktivieren können. Der Nebel war da, um sie zu schließen. Ich frag mich wirklich, was Luzifer damit bezwecken wollte. Das ist ja, als sollte man ohne Mund essen. Leben ohne aktive Chakren muss sich grausam anfühlen. Und, wenn das Leuchten nicht da ist, was seht ihr dann überhaupt? Ich will es mir gar nicht vorstellen.". "Naja matt. Das, was lustlos aussieht im Vergleich zu hier. Das war ja auch sein Ziel.", platzt es aus mir heraus und ich bin verwundert über meine gerade gesprochenen Worte.

Alles, was ich heute gelernt habe, hat genau damit zu tun. Abgerundet könnte man sagen, dass es auf der Erde darum geht, das Leben so lustlos wie nur möglich zu gestalten. Zumindest in der Praxis. In der selben Praxis, in der Leute in der Theorie zwar gern auch anders leben würden, es aber nun mal eben nicht tun. Alles wird maßlos verkompliziert und dadurch, dass niemand wirklich frei leben kann, ist das Leben auf der Erde genau genommen nicht lebenswert. Und dennoch tun genau das gerade so viele von uns. Auf der Erde leben. Ein Sinn muss also doch dahinterstecken.

Und plötzlich wird mir etwas klar. All diese Schönheit, die mich hier umgibt, die Wärme, der Wohlklang in allem um mich herum, der Duft der Luft, die so ganz anders riecht als ich jemals welche gerochen habe, all das ist für Aurelia und ihresgleichen absolute Normalität. Sie leben darin wie Fische im Wasser. Sie kann unmöglich auch nur ansatzweise so darüber staunen wie ich. Staunen kann man immer nur über etwas, das man nicht kennt, oder besser: nicht komplett verstanden und verinnerlicht hat. Um solche

Schönheit mit meinen derzeit staunenden Augen wahrnehmen zu können, muss man sie vorher einmal vergessen. Und wie will man etwas so Elementares vergessen? Etwas so Elementares wie... *sich selbst*?! Oh man, hört das mal auf? Nö, es geht weiter:

Was zu einem lebenswerten Leben unabdingbar dazu gehört, ist Wertschätzung. Ohne das Eine kann das Andere nicht funktionieren. Wechselseitig. Je besser die Fähigkeit der Wertschätzung also trainiert ist, desto lebenswerter ist das Leben. Und um solches Training geht es auf der Erde. Es wird alles dafür getan, dass wir möglichst wenig erleben, das erlebenswert ist, und die Wertschätzung völlig in den Keller geht, und es wirklich schwer ist, sie da wieder herauszubekommen. Aber wenn man es dann schafft, dann ist sie stärker als sie es vorher jemals war. Wir sind also durchaus in eigenem Interesse in diesem Schlamassel. Luzifer ist kein Gegner, der uns irgendwas Böses wollen würde. Er hat nur so etwas wie den Shaolin-Tempel für Wertschätzungstraining gebaut. Und wir sind seine Schüler. Aus völlig freien Stücken. Ich hätte nie gedacht, dass ich so einmal über „den Teufel" denken würde.

Und um diese Schule zu meistern, ist nötig, was mir gerade passiert: All das zu erkennen, und die Wertschätzung in mir zu aktivieren, was mir in Aurelias Gegenwart so unendlich einfach erscheint. Mir trotz aller Anstrengungen Luzifers Systems das Leben nicht vermiesen zu lassen. Nicht einen Moment lang.

Wenn wir dankbar sind, geht es uns gut.

Sind wir undankbar, geht es uns nicht gut.

Wenn es uns gut geht, sind wir dankbar.

Geht es uns nicht gut, sind wir undankbar.

Wertschätzung macht das Leben leichter. Viel leichter. Und sie hilft uns automatisch dabei, ein lebenswerteres Leben zu leben. Und sind wir dafür dankbar, dass das so ist, dann schließen wir den neuen Kreis und können ein völlig anderes Leben leben. Eins, das wir lieben. Und im extrem zu schätzen wissen werden. Mehr noch, und das wird mir gerade klar, als Aurelia, die neben mir stehen geblieben ist und mich aus diesen wunderschönen Augen mit diesem atemberaubenden Blick beschenkt.

Es geht um so viel mehr, und doch um so wenig. Wertschätzung, Dankbarkeit und alles, was sich ähnlich anfühlt wie diese beiden Gefühle. Das, worum es geht, sind Empfindungen, die es einem wohlig warm ums Herz, im Bauch und im ganzen Körper werden lassen. Die Einheit - der Ursprung - besteht wohl auch aus einer wohlig warmen Substanz. Die vielleicht eine Spur angenehme Kälte ebenso in sich trägt, damit es eben nie zu heiß wird. Extreme Kälte und extreme Hitze sind etwas Unangenehmes und lösen uns aus unserer Mitte. Aber ein wohliges Gefühl lässt uns in unserer Mitte bleiben, und das empfinde ich hier auf Eden und bei Aurelia ständig. Ich fühl mich einfach wohl. Mit Aurelia sowieso. Egal, wo wir sind. Selbst in einer Dimension, in der man seine Heimat offensichtlich nicht auf einem Planeten wahrnimmt, sondern innerhalb eines Spiels.

Ich habe gerade so viele Gedanken, die sich irgendwie als einen roten Faden formen. Und am Ende schließt sich der Kreis. Was, wenn es einfach darum geht, immer in diesem wohligen Zustand zu sein? Vielleicht geht es einfach darum diese Frequenz auszustrahlen, um immer mehr im Außen zu erleben, was mit dieser Frequenz in Einklang geht. Einklang... was für ein interessantes Wort. Einklang.

Was aber, wenn es genau darum geht, dass das Gegenteil eine ebensolche Existenzberechtigung hat? Würde ich den wohligen Zustand überhaupt wahrnehmen können, wenn ich nicht um sein Gegenextrem wüsste? Extrem angenehm kann ich irgendwas nur empfinden, wenn ich um extrem unangenehmes weiß.

Ist das auch Training, das wir auf der Erde durchlaufen? Ich möchte etwas von Aurelia wissen:

„Wie ist das Leben für Dich, wenn Du kein Leiden kennst? Ich überlege gerade, wie sehr du all das hier schätzen können kannst, wenn du keine Ahnung hast, wie grausam das Leben stellenweise sein kann? Weißt du, was ich meine? So, wie wenn man warm nur kennen kann, wenn man weiß, was kalt ist?"

„Du fragst das aus einer sehr dualen Sichtweise heraus," antwortet sie prompt. „Deine Frage basiert auf der Annahme von Trennung. Auf einer Möglichkeit von entweder oder. Was man dir nicht vorwerfen kann, wenn du schon eine Weile auf der Erde spielst. Bei Eurem Spiel geht es schließlich genau darum, eben diese Trennung in möglichst großem Umfang wahrzunehmen. Deswegen vergessen andere aber nicht, was ihr derweil vergesst: Nämlich, dass alles EINS ist. Und wir alle eins mit Allem sind. Ihr verlernt auf diese Weise, Dinge ganzheitlich zu betrachten, und vor allem die Prozesse, die sie hervorbringen, die sie durchlaufen und die aus ihnen hervorgehen. So seht ihr schwarz oder weiß, oben oder unten, fühlt warm oder kalt. Statt einfach jederzeit bei vollem Bewusstsein vom jeweiligen Bezug der Gegensätze zueinander Gebrauch zu machen und einfach aus freien Stücken zu wählen, wie ihr was in diesem Moment wahrnehmt.

Und wenn man nicht weiß, warum man das Leben nicht genießen sollte oder könnte, weil man dazu einfach keinen Grund hat oder kennt, dann macht man das einfach immer. Das bedeutet, man ist gut im Training und weiß ein angenehmes Leben auch zu schätzen, ohne massiv durch die Hölle gehen zu müssen, um es zu können. Trotzdem kann ich mir vorstellen, dass es aus deiner Perspektive gerade wesentlich deutlicher sichtbar ist. Ich denke mir, dass es wie ein Schockmoment ist. Ein Moment der Erkenntnis. Ein Moment des Erfahrens und Erlebens einer Sache, die man vorher nicht kannte. Oder völlig anders wahrgenommen hat. Sicher ist ein Apfel eine schöne Dekoration, aber es ist doch schon gut zu wissen, dass man ihn auch essen kann, oder?"

Sie hat recht. Interessiert schaue ich sie an und frage: „Habt ihr hier auch Äpfel?"

Sie schaut mich wieder mit diesen wunderschönen großen Elfenaugen an und lacht plötzlich laut los.

„Ja, natürlich haben wir hier Äpfel. Es gibt auf der Erde nichts, das wir nicht auch hätten. Bis auf eben einen Haufen bekloppte Masochisten um uns herum. Den will auch glaub ich außer auf der Erde niemand um sich herumhaben." Sie lacht weiter, und ich muss mitlachen. Es löst meine ein wenig angespannte Haltung und tut unendlich gut. Einklang. Harmonie. Und der Klang ihrer Stimme betört mich. Ich will so gern mehr Zeit mit ihr verbringen. An ihrer Seite sein. Das Leben aus ihren Augen sehen lernen. Mit und von ihr lernen. Verbunden sein. Eins sein. Es hat nichts mit Besitzdenken zu tun, es geht nicht um einen Beziehungswunsch. Es geht um ein Bedürfnis aus meinem tiefsten Innern, das laut und fast sehnsüchtig nach mehr schreit. Es fühlt sich an wie „nach Hause kommen". Wie Geborgenheit. Heilung. Endlich.

Während wir schweigend eine Weile nebeneinander hergehen, genieße ich den Anblick dieser Welt. Ich kann es mit Worten nicht beschreiben. Zu viel nehme ich wahr, von dem ich überhaupt nicht wissen würde, was genau ich da beschreiben soll. Diese Welt ist üppig mit Pflanzen bewachsen, scheinbar überall finden sich essbares Obst und Gemüse. Es wächst einfach überall. Viele Früchte muten so exotisch an, dass ich nicht mal ihre Form beschreiben könnte, geschweige denn ihre Farben. Alles ist bunt, aber es fällt mir schwer, irgendeine klare Farbe zu definieren. Das liegt an diesem Licht, das hier alles durchdringt. Die Bäume strahlen, die Gebäude, die ich ausmachen kann, die so wunderschön ins Landschaftsbild gebaut sind, dass man sie fast nicht sehen kann. Alles was ich sehe, leuchtet auf eine wärmende Weise aus sich selbst heraus. Selbst die Menschen. Ich schaue auf meine Hände und sehe auch sie immer intensiver leuchten. Es ist so anders als alles, was ich je gesehen habe. Es ist... so surreal. Und dann fällt es mir auf. Seit ich hier bin genieße ich dieses warme Licht, und ich war davon ausgegangen, dass die Sonne scheint. Doch egal, in welcher Richtung ich den Himmel absuche, ich kann keine Sonne ausmachen. Keine helle Lichtquelle, deren Strahlen alles um sie herum erleuchten und beleuchten, anstrahlen und reflektieren. Ich frage Aurelia danach.

„Sonnen", erklärt sie mir, „werden eigentlich nur in recht niedrig schwingenden Welten benötigt. Im Grunde ist alles, was ist, Licht, und so braucht man keine externe Licht- oder Wärmequelle. Alles ist aus sich selbst heraus licht spendend und wärmend. Es gibt keine Dunkelheit, die erleuchtet, keine Kälte, die gewärmt werden müsste. Aber in Welten wie der Erde, in deren Spielen es darum geht, eben Energie zu missbrauchen, zu rauben und auf Kosten anderer leben zu müssen, weil man dieses Licht nämlich eben innerhalb dieser Spiele nicht in sich selbst generieren kann, da braucht es definitiv eine Energiequelle in Form einer Sonne, die dafür sorgt, dass überhaupt Energie fließt." Das erklärt einiges.

Wie *krass*!

Wie im Leben hätte ich bitte darauf kommen sollen, darüber mal auch nur ansatzweise nachzudenken?

„Guck mal," sagt sie weiter, „dazu kommt ja noch, dass auch Sonnen physisch gar nicht existieren. Die nimmst du wahr, wenn du sie wahrnimmst, und erst dann, und nur dadurch, werden sie überhaupt erst zu einem Teil deiner Wahrnehmung. Deiner Wahrheit. Deiner höchst eigenen Realität. Aber wenn Du eine Sonne wahrnimmst, dann, weil du ein Programm laufen lässt, das dafür sorgt, dass du nicht energetisch verdorrst. Stell es dir vor wie die Sauerstoffmaske eines Tauchers, die er auf dem Rücken trägt, um nicht zu ersticken. Sowas habt ihr doch auf der Erde, oder? Hier würde so etwas nicht viel Sinn machen. Eine Sonne ist nichts Anderes als eine solche Taucherflasche. Ein Werkzeug. Mitunter ein sehr nützliches. Vor allem in niedrig schwingenden, schweren Welten. Aber hier kannst du es offensichtlich deaktivieren, wenn du keine Sonne siehst. Das liegt an der Kollektivwahrnehmung, in der du gerade badest. Hier sieht niemand eine Sonne, weil wir hier alle quasi Sonnen sind. So wie alle Lebewesen, selbst die, die das völlig vergessen haben. Und da du empathisch und offenen Herzens bist, nimmst du diese Grundschwingung hier gerade einfach an. Das ist so, egal, wohin du gehst. Verweilst du ein wenig, färbt die Schwingung auf dich ab. Oder deine auf den Ort. Meist ein wenig von beidem. Man lernt sich kennen. Das ist das Spiel des Lebens. Spielen und lernen, lernen und spielen. Es ist ein und das Selbe, weil du nicht spielen kannst ohne dabei zu lernen, und nichts lernen kannst, wenn du nicht spielst. Jedenfalls nichts für dich Interessantes. Und genau auf diese Weise entwickelt sich die Schöpfung, die wir sind, durch uns selbst weiter zu dem, was wir werden. Jeden einzelnen Moment aufs Neue. Verstehst du, was ich meine?"

Ja, ich denke schon. Viel misszuverstehen gibt es da ja nicht wirklich. All diese Gedanken bestechen in ihrer Logik, und unweigerlich kommt wieder die Frage auf, warum ich darüber vorher noch nie nachgedacht habe.

Doch in dem Moment, indem ich das bewusst mitbekomme, schießt mir auch schon wie in Neonschrift die Antwort durch den Kopf. *Luzifer.* Die Erde. Das Spiel auf der Erde beinhaltet, genau diese Dinge alle aus unserer Wahrnehmung auszublenden. Es war mir nicht bestimmt, darüber nachzudenken. Nicht einmal, einen Denkanstoß dazu zu bekommen. Zumindest lange genug nicht, um mich an etwas Anderes als das, was ich auf der Erde kennengelernt habe, gar nicht mehr erinnern zu können. Es ist quasi aus meinem System gelöscht und in die Nicht-Existenz verbannt. Und hier und jetzt, in diesem Moment, liegt es alles vor mir wie eine zerbrochene Vase. Verstaubt und mit Spinnweben überzogen. In der hintersten Ecke der Stube des Vergessens. Eine schlichte, kaputte, vergessene alte Vase eigener Erkenntnis und Wahrheit. Die man offensichtlich säubern und kleben kann.

Viel muss ich dazu nicht tun. Je mehr ich mir die Worte von vorhin nochmal durch den Kopf gehen lasse, desto deutlicher sehe ich, wie die einzelnen Scherben sich wie von allein zusammensetzen. Die Logik der Worte setzt sich langsam in meinem System fest. Wird absorbiert. Aufgenommen. Getrunken wie von einem Verdurstenden. Alles ist eins. Alles leuchtet. Alles ist aus Licht. Ich, Aurelia, alles, was existiert und nicht existiert. Und alles davon ist ich und alles davon bin ich. Untrennbar vereint in dem, was wir sind: Liebe. Unendliche, bedingungslose Liebe. Die *alles* ermöglicht, was erlebt werden will. Ich erstarre in Ehrfurcht.

Genau genommen ist „Liebe" nur ein Wort, das krampfhaft versucht zu beschreiben, was ich gerade sehe. Und wenn man es sieht, wie ich gerade, dann vergeht auch dieses Wort wie Schall und Rauch. Es ist eine Urkraft, ein Urzustand. Eine Intelligenz, die sich in unzähligen Entitäten zum Ausdruck bringt. Gott. Das Nirwana. Der Himmel. Das Universum. Es spielt keine Rolle, welches dieser Worte man benutzt, sie deuten alle auf das Selbe: Diesen Urzustand. Und wenn man den nicht kennt, ihn noch nie bewusst wahrgenommen hat (oder lange genug nicht, um ihn komplett zu vergessen), dann kann man noch Millionen anderer Worte an ihre Stelle setzen, und keines davon vermag seiner Bedeutung gerecht zu werden. Weil keines seine Bedeutung klar für jemanden umschreiben kann, der es nicht kennt. Wir scheinen uns auch auf der Erde immer schon dieses Ursprungs bewusst gewesen zu sein, ganz ausblenden lässt er sich wohl auch nicht. Aber dafür hat Luzifer einfach einen simplen Trick verwendet, und ich sehe klar und deutlich, wie er funktioniert hat: Man musste in den Köpfen der Spieler diesen Ursprung einfach zu einem Mysterium erklären, das selbst der klügste Geist nicht greifen kann. Was für ein Quatsch! Die Worte können etwas nicht erlebtes einfach nur nicht beschreiben, aber wenn man es mal erlebt hat, dann findet man leicht Worte, es zu beschreiben. Die eben wieder nur jemand versteht, der es auch erlebt hat, uns sonst niemand.

Dabei ist das Erlebnis so nahe. Ist es immer schon gewesen. In gewissen gelösten und glücklichen Momenten muss es auch jeder von uns schon wahrgenommen haben. Dieses unbedarfte Gefühl, mit allem im Reinen zu sein. In diesem Moment sterben zu können, weil man wüsste, jetzt würde man wenigstens glücklich sterben. In die Welt verliebt zu sein, und einfach jeden am liebsten zu umarmen. Das ist der Urzustand. Das ist, was sich automatisch einstellt, wenn man in Frieden leben kann. In Ruhe gelassen wird. Niemandem mehr die Möglichkeit gibt, sie einem zu nehmen. Wenn niemand einem etwas will, dann rutscht man automatisch da rein. Ich schaue Aurelia an und mir wird bewusst, dass sie gar nichts Anderes kennt als das, was ich hier gerade erkenne. Sie ist nie zu irgendwas gezwungen oder genötigt worden, oder in irgendeiner Form vergewaltigt. Wie gern ich wüsste, wie sich ein Leben lebt, in dem man sich einfach frei entwickeln durfte, von Anfang an seinen Interessen folgen und sich in seinen Talenten üben. Wirklich etwas aus sich machen. Aus sich selbst, nicht aus den Möglichkeiten, die irgendeine Obrigkeit zur Verfügung stellt. Sie fängt meinen Blick und erwidert ihn.

Und plötzlich habe ich das Gefühl, in diesem Blick mit ihr zu verschmelzen. Mein Herz klopft bis zum Anschlag und ich merke, dass mir der Schweiß ausbricht. Ich blicke in ihre Augen und kann nichts Anderes mehr wahrnehmen. Die Liebe in ihrem Blick, die Zuneigung, die aus ihm spricht, die Geborgenheit, die er vermittelt. Ich versinke in diesem Blick und hab das Gefühl gleich ohnmächtig zu werden.

Mein Kopf schnellt hoch, als sei ich gerade kurz eingeschlafen, und kurz muss ich mich sammeln. Ich sitze wieder auf der Bank, und neben mir...

„Aurelia", murmle ich, und schau wieder in ihre Augen. Doch sie schaut nur schräg und leicht amüsiert zurück und lacht.

„Was für ein schöner Name," sagt mein Engel von der Bank. „Wer ist das denn?"

„Jemand, an den du mich erinnerst,", sage ich. „Eine Freundin aus einer anderen Welt. Kommt mir vor, als hätte ich sie eben erst noch gesehen." Ich schaue mich um, und stelle verwundert fest, dass wir zwar wieder auf der Bank vor dem schönen Panorama sitzen, sich dieses Panorama mir allerdings vollständig anders präsentiert als noch vor ein paar Stunden. Alles um mich herum leuchtet, wie auf dem Ubuntu-Server im Eden. Als ich meinen Engel hier das erste Mal sah, strahlte sie noch vollständig aus allem heraus, und jetzt leuchtet alles, als habe sie alles mit ihrer Kraft und Energie und ihrem Licht und ihrer Liebe angesteckt.

Vergeblich suche im den Himmel nach einer Sonne ab.

„Hier gibt es keine Sonne," sagt Aurelia. Oder wie immer sie hier und jetzt heißt. Oh wie schön es sich anfühlt, meine Gedanken wieder gelesen zu bekommen und Antworten zu hören, bevor ich sie aussprechen kann. Unsere Geiste sind im Drift, im Flow, im Fluss, connected, verbunden, eins. „Und wenn du vorhin eine gesehen hast, dann war das gar nicht wirklich nötig und nur eine Denkgewohnheit. Da du es nicht anders kennst als angestrahlt zu werden, ist für dich eine Sonne die logische Erklärung für Sonnenlicht. Aber hier strahlt alles aus dem eigenen Bewusstsein, von dem es zusammengehalten wird. Achte mal darauf, wenn Du wieder auf der Erde bist. Wenn du die Energie von jetzt gerade halten kannst, siehst du da auch keine mehr. Weil du eben selbst zu einer Sonne geworden bist. Eine Energiequelle mit unendlicher Lebenskraft. Lerne sie zu nutzen und scheine sie in die Welt hinaus. Die Menschen auf der Erde brauchen sich an all das auch einfach wieder nur zu erinnern. Jeder von Euch trägt den selben Ursprung in sich. Die Urkraft. Die Liebe. Das, was Sonnen einfach in geballter Ladung sind. Ihr seid so viel mehr, als ihr in Euch selbst zu sehen gewohnt seid. Wenn ihr den Hauch einer Ahnung hättet, wer ihr wirklich seid, würde es den meisten noch sehr schwer fallen, sich darauf einzulassen. So sehr entfremdet habt ihr Euch inzwischen von Euch selbst. So dass ihr keine Ahnung mehr habt, wer oder was ihr seid. Und wie du schon erkannt hast – erklären kann man es niemandem. Ich meine, du kannst erklären, bis dir der Mund zerfranst, aber verstehen kann es eben nur der, der weiß wovon du redest, weil er es selbst auch schon erlebt hat. Lasst Euch von sowas nicht davon abhalten, in Eure volle Kraft zu kommen und zu scheinen. Denn dann haben die Anderen eine Chance, etwas neues kennenzulernen. Und wenn sie interessiert nachfragen, dann kannst du es erklären und triffst auch auf Verständnis. Bis dahin hast du keine Chance, irgendwem weiterzuhelfen. Und das ist auch nicht deine Aufgabe. Ich weiß, dass man das auf der Erde gern so handhabt. Sich für andere aufopfert und sich in ihr Leben einmischt. Weil das schließlich alle tun. So kehrt aber niemand mal vor der eigenen Tür, und genau deswegen entwickelt ihr Euch nicht weiter. Zumindest bisher nicht sehr viel, aber genau das könnt ihr jederzeit von jetzt auf gleich Ändern. Nicht die Umstände, die brauchen immer ein kurzes Weilchen, um sich anzupassen, aber Eure innere Einstellung zu

163

allem möglichen. Und sich mal um das eigene Leben zu kümmern empfehle ich an dieser Stelle nicht nur, weil es eine der vier goldenen Weisheiten ist."

Ich lausche mit offenen Ohren, und so entgeht mir auch ein gewisser Unterton nicht, vor dem ich mich schon den ganzen Tag fürchte. Wir werden Abschied nehmen. Und ich finde gerade keine einzige Zelle in mir, die Lust darauf hat.

„Ja," sagt sie sanft, „wir werden gleich Abschied voneinander nehmen. Aber du brauchst keine Angst zu haben. Ich bin immer bei dir. Untrennbar mit dir verbunden. Du wirst auch alles, was du hier erlebt hast, in Erinnerung behalten. Und, wenn deine telepathischen Fähigkeiten sich stärker aktivieren, dann werden wir auch kommunizieren können. Anders als jetzt. Für dich werden es Gedanken sein, die du anfangs vielleicht nicht getrennt von deinen eigenen wahrnehmen kannst. Mit der Zeit wirst du unterscheiden können, welche deine Gedanken und welche meine oder welche die beispielsweise von den Wesen am Lagerfeuer sind. Wir werden dich begleiten während deiner Zeit auf der Erde. Das haben wir übrigens längere Zeit schon getan. Jetzt weißt du es auch und es kann bewusst geschehen. Wir sind durch dieses Erlebnis hier nun auch in deinem Bewusstsein bewusst wieder in Verbindung. Wenn du Hilfe brauchst, dann kannst du dich ebenso an uns wenden. Wir empfangen ein Signal, wenn du dich meldest. Dafür musst du uns ein paar irdische Sekunden Zeit geben und dann können wir deine Frage oder dein Anliegen empfangen und werden dir so in Form von Geistesblitzen, also Gedanken, Lösungsmöglichkeiten und Antworten schicken. Vertraue uns! Vertraue uns und deinen Gedanken. Wenn sich die Gedanken gut anfühlen, dann kannst du ihnen vertrauen, und dem Flow des Lebens. Und wenn sich in dir gefestigt hat, was du heute gelernt hast - und dem darfst du gern geduldig ein wenig Zeit geben – dann wirst du noch ganz andere Möglichkeiten erkennen. Dann sind wir nicht nur im Innern verbunden und jederzeit füreinander in Gedanken und Gefühlen erreichbar. Wenn du in vollem Umfang verstanden hast, was es bedeutet, dass alles, was ist, EINS ist, und du ein Teil davon, dann wirst du zum reisen kein Gefährt mehr brauchen, um schneller als das Licht von A nach B zu gelangen. Und dann treffen wir uns genau so, wie wir das heute schon einmal getan haben. Genaugenommen sogar zweimal, weil Aurelia einer meiner Spielavatare auf dem Ubuntu-Server im Spiel *Eden* ist, und sie auch nicht alles kann und weiß, aber dir etwas zeigen konnte. Weißt Du noch, wie du da hingekommen bist?"

„Ja, ich erinnere mich. Ich bin Bildern gefolgt und hab mich darin verloren. Und so war ich plötzlich mitten in dieser Realität. Und hab Dich gesehen. Ich fand das alles sehr verwirrend, wenn ich ehrlich sein soll."

„Dann hat es seinen Zweck erfüllt," sagt sie liebevoll. Verwirrung ist genau das, was ein verfestigter Verstand braucht, um sich wieder dynamisch zu machen und verändern zu können. Verwirrung ist genau das, was immer wieder Welten verändert. Noch nie aufgefallen?"

Nein. Das ist mir noch nicht wirklich aufgefallen, aber ich verstehe sofort, was sie meint. Wie so oft an diesem wundersamen Tag. Aber wirklich interessieren tut mich etwas Anderes. Ich schaue ihr tief in die Augen und frage:

„Wie meintest du das eben mit dem Reisen? Heißt das, wir können uns von A nach B beamen?"

„Beamen würde ich das nicht nennen," sagt sie sachlich, und erklärt weiter: „Zum Beamen bedarf es immer noch irgendwelcher Hilfsgeräte. Das brauchst du alles nur, wenn du denkst, dass du es brauchst. Also lass das doch einfach. Du brauchst bei Weitem nicht mehr so kompliziert zu denken, wie du es auf der Erde gelernt hast. Du brauchst gar nichts. Du springst einfach. Du verbindest dich mit dem entsprechenden Server, auf den Du willst, fühlst dich rein, folgst den Bildern, die dann auftauchen und lässt dich von ihnen ans Ziel bringen. So, wie du es heute schon mehrfach, und sogar zweimal bewusst getan hast. Mehr ist nicht dabei, du musst einfach deinen Glauben daran anpassen. So viel hast du schon verstanden, also mach dir keine Gedanken, der Rest kommt auch noch. Folge einfach immer weiter deinem Film. Und wenn Du es kannst, sitzt Du genau so physisch neben mir wie jetzt gerade."

„Nämlich gar nicht," witzele ich.

„Genau!", grinst sie zurück. „Wo ist also der Unterschied? Alles ist so real wie du selbst es empfindest. Trainiere es, und du kannst erleben, was du möchtest. Und jederzeit gern mit mir zusammen. Ich liebe Dich sehr, weißt du? Nur deswegen bin ich heute hier. Ich hätte nicht gewusst, mit wem oder was ich den Tag lieber verbracht hätte als mit Dir. Du bist für mich jemand ganz Besonderes, und du glaubst nicht, wie lange ich schon auf dich warte. Ich freue mich genauso darauf, dich wieder zu sehen und zu fühlen und deine Nähe zu genießen, so wie ich es jetzt tu. Ich werde niemals aus deinem Leben verschwinden, und ich werde immer für dich da sein. Ich habe Dir heute eine Brücke gezeigt, und eine solche darfst Du jetzt bauen. Wenn sie fertig ist, stehe ich am Ende genauso physisch da, wie ich jetzt hier sitze. Du brauchst keine Angst zu haben, wir werden uns definitiv wiedersehen. Ich glaube fest an deinen unzerbrechlichen Willen, es zu tun. Ich fühle ihn. Aber jetzt ist die Zeit gekommen, wo du erstmal wieder gehen musst.

Mein Herz explodiert, und ich habe das Gefühl, zu sterben. Dennoch ist da etwas in mir, das sich, beflügelt durch ihre Worte und ihre Stimme, ermutigt fühlt und mich in Aufbruch-Stimmung versetzt. Sie hat gesagt, es gibt einen Weg zu ihr, und ich will ihn gehen! Aber...

„Aber ich habe noch so viele Fragen an dich! Haben wir nicht noch ein wenig Zeit?" platzt es aus mir heraus.

„Du hast Fragen, aber nicht wirklich an mich. Und ich werde dir von da, wo wir Eins mit Allem sind mit allen Möglichkeiten helfen, die ich habe helfen, die Antworten zu finden. Ich sagte ja, ich werde immer für dich da sein, wenn du das möchtest, und du wirst oft meine Stimme in deinem Kopf hören. Das ist dann keine Einbildung. Das ist, weil ich da bin und mit dir telepathiere.". Die letzten beiden Sätze spricht sie mit geschlossenem Mund. Und genau so weiter:

„Geh, stelle deine Fragen, wie sie kommen und sei offen für die Antworten. Sie werden nicht nur kommen, sondern dir auch den Weg weisen. Lebe nach den vier goldenen Weisheiten, das macht es dir sehr viel leichter. Und wohin du ab jetzt gehst, wisse darum, dass keiner dieser Orte real existiert, kein Mensch darin und kein Grund zum streiten. Konzentriere dich auf deine Energie. Lass sie dir nicht rauben und nimm niemandem welche, die dir nicht sowieso gegeben werden will. Diese hier" sie beugt sich zu mir herüber und öffnet ihre Arme, „will ich dir schenken. Vollgetankt verreist es sich besser."

Sie nimmt mich in den Arm und drückt mich fest an sich. Dann löst sie sich aus der Umarmung, schaut mir tief in die Augen, ich sehe ihren Mundwinkel nach oben zucken, und dann drückt sie sanft ihre wunderschönen Lippen auf meine und küsst mich auf eine Art und Weise, wie ich sie noch nie erlebt habe. Energie durchflutet meinen Körper, heiß und kalt laufen mir Schauer über den Rücken, den Nacken, den Brustbereich. Bis in die Zehenspitzen füllt mein Körper sich mit einem sanften, aber mächtigen Kribbeln, und dann habe ich das Gefühl, dass das Kribbeln über meinen Körper hinausgeht. Ich fühle, wie es die Bank in Vibration versetzt, und den Boden darum herum. Ich fühle es den Hang hinunterlaufen und in den Wald hinein. Ich fühle es den Ozean und die Berge erreichen, und auch das Lagerfeuer mit meinen namenlosen Freunden, die ich nie vergessen werde, auch, wenn ich sie wahrscheinlich nie wiedersehe. Und es erreicht Aurelia in den wundersamen Straßen von Server Ubuntu. Ein unbeschreibliches Glücksgefühl kommt mit dem Kribbeln einher, und ich habe das Gefühl zu zerfließen. So wie die Berge und der Ozean, die sich auflösen, das Lagerfeuer, der Berg, der Wald, die Bank, Aurelia und ich. Als letztes lösen sich unsere im Kuss vereinten Lippen auf und werden Eins mit allem.

Ich bin niemand mehr. Aber ich bin. Und ich kann jeden Moment aufs Neue entscheiden, wer oder was ich sein will. Vor allem aber, was ich MACHEN will. Denn das Sein ist etwas, das sich durch das definiert, was es macht. Macht es nichts, ist es zwar noch, bekommt sich aber nicht mit. Weil ja nichts passiert. Wie in diesem Moment, in dem außer diesen Worten nichts existiert. Und trotzdem alles. Was für ein wirres Gerede. Und wie viel Sinn sich dahinter verbirgt!

Ich entscheide mich, auf die Erde zurück zu gehen und das Spiel zu Ende zu spielen. Ich bin überzeugter denn je, dass das nicht nur zu schaffen, sondern auch noch überaus lohnenswert ist. Meine Mission: Den vier goldenen Weisheiten wieder zu mehr Aufmerksamkeit und Beachtung zu verhelfen. Die Erde wieder EINS werden zu lassen. Eins mit Allem. Mit all meinen Möglichkeiten und aus aller Liebe, die ich gerade empfinde. Ich fühle so wie Aurelia diesen Willen in mir. Fest entschlossen und mit allem nötigen Mut gewappnet. Und wie alles andere um mich herum lösen sich auch diese Gedanken auf.

Und so finde ich mich hier wieder, auf der Erde, und halte dieses Buch in der Hand. War das nur ein Buch? Nein! Erzähl mir nicht, dass ich gerade nur ein Buch gelesen habe! Aurelia hat mit einem Anderen rumgeknutscht? Herzzerreißend und schockierend! Das hätte ich nie von ihr gedacht. Beziehungsweise...

Ach ne, es ist ja alles Eins. Und ich habe die Geschichte, glaube ich, nicht erlebt, um einen Kuss zu bekommen. Da war noch mehr als Aurelia. Da war all das, was sie mit gezeigt hat. Was war das noch? Weiß ich nicht, aber es steht in dem Buch, ich kann es jederzeit nochmal nachschlagen. Ich weiß nur noch, dass es darum ging, dahin zu gelangen, wo man gern wäre, ohne dass jemand Anderes darunter leiden muss. Soll Aurelia mit Ähm glücklich werden, ich weiß was ich will. Und jetzt auch, wie ich da hinkomme. Ich bin dann mal weg jetzt. Das Buch kannst Du ja jemand Anderem liegen lassen, wenn es dir so viel gegeben hat wie mir. So könnte eine Idee von vier goldenen Weisheiten, die das Leben leichter machen, vielleicht die Welt erobern. Und aus der Erde könnte wieder ein Ort werden, auf dem wir *Eden* spielen. Eine Welt, die *EINS* ist.

EINS MIT ALLEM!

So, ich lege jetzt das Buch weg und geh mein Leben leben.

Hallo? Leg das Buch weg und geh dein Leben leben!

Was denn, immer noch da? Liebe Zeit, du klebst ja an mir wie Fliegen an der...

Ach so, richtig... Alles eins und so.

Na dann.

Machen wir es einfach zusammen.

Die Anderen findest du unter

www.theworldbecomes.one

Jetzt kommt Werbung:

Weitere Bücher der Autoren finden sich unter:

Melanie Jurak:
www.melaniejurak.com

Jesus Urlauber (Bauchi)
www.lest2020.de

Bitte auch hier vorbeischauen:
www.theworldbecomes.one
www.12x12.info

ONE LOVE

ONE PLANET

ONE SOUL

UBUNTU